TRANZLATY

El idioma es para todos

La lingua è per tutti

Las Aventuras de Alicia en el País de las Maravillas

Le Avventure di Alice nel Paese delle Meraviglie

Lewis Carroll

Español / Italiano

Published by Tranzlaty

ISBN: 978-1-83566-864-1

Original text: Alice's Adventures in Wonderland
by Lewis Carroll (1865)

Abridged by Sam'l Gabriel Sons (1916)

www.tranzlaty.com

Por la madriguera del conejo
Nella tana del coniglio

Alicia empezaba a cansarse mucho
Alice cominciava a sentirsi molto stanca
Estaba sentada junto a su hermana en el banco de hierba
Era seduta accanto a sua sorella sulla riva erbosa
Pero ella no tenía nada que hacer
ma non aveva niente da fare
Su hermana estaba leyendo un libro
sua sorella stava leggendo un libro
una o dos veces Alicia echó un vistazo al libro
una o due volte Alice sbirciò nel libro
Pero el libro no contenía imágenes ni conversaciones
Ma il libro non conteneva immagini o conversazioni
«¿De qué sirve un libro sin imágenes?», pensó Alicia
"A che serve un libro senza immagini?", pensò Alice
"¿Por qué un libro no tendría conversaciones?"

"Perché un libro non dovrebbe avere conversazioni?"
Pero tenía otras cosas que considerar
ma aveva altre cose da considerare
"Hacer una cadena de margaritas sería un placer"
"fare una catena di margherite sarebbe un piacere"
"¿Pero vale la pena el esfuerzo de levantarse y recoger las margaritas?"
"Ma vale la pena di alzarsi e raccogliere le margherite??"
No era tan fácil pensar en esto
Non è stato così facile pensarci
porque el día la estaba haciendo sentir somnolienta y estúpida
perché la giornata la faceva sentire assonnata e stupida
Pero de repente sus pensamientos se vieron interrumpidos
ma all'improvviso i suoi pensieri furono interrotti
un conejo blanco de ojos rosados corrió cerca de ella
un Bianconiglio con gli occhi rosa le corse vicino

No había nada demasiado notable en el conejo
Non c'era nulla di eccessivamente notevole nel coniglio
y Alicia tampoco pensó que el conejo fuera notable
e Alice non pensava che nemmeno il coniglio fosse degno di
nota
ni le extrañó que el Conejo hablara
né la sorprese quando il Coniglio parlò
**"¡Oh, Dios mío! ¡Llegaré demasiado tarde!", se dijo a sí
mismo**
"Oh cielo! Arriverò troppo tardi!» disse tra sé
pero entonces el Conejo hizo algo que los conejos no hacían
ma poi il Coniglio ha fatto qualcosa che i conigli non hanno
fatto
el Conejo sacó un reloj del bolsillo de su chaleco
il Coniglio tirò fuori un orologio dal taschino del panciotto
Miró la hora y luego se apresuró a seguir adelante
Guardò l'ora e poi si affrettò
Alicia se puso en pie, asombrada
Alice si alzò in piedi, stupita
¡Nunca antes había visto un conejo con chaleco!
Non aveva mai visto un coniglio con un panciotto prima d'ora!
¡Tampoco había visto nunca un conejo con reloj!
né aveva mai visto un coniglio con un orologio!
Alicia ardía con una nueva curiosidad
Alice ardeva di una nuova curiosità
y corrió por el campo tras el Conejo
e corse attraverso il campo dietro al Coniglio
Llegó justo a tiempo para ver desaparecer al conejo
Fece appena in tempo a vedere il coniglio sparire
El conejo saltó a una gran madriguera
Il coniglio saltò giù in una grande tana del coniglio
¡En otro momento, Alicia bajó detrás del conejo!
In un attimo, Alice andò dietro al coniglio!
La madriguera del conejo seguía recto como un túnel
La tana del coniglio proseguiva dritta come un tunnel
Y el túnel siguió avanzando a cierta distancia
e il tunnel continuò ad andare avanti per un po'

Y entonces el camino de repente se hundió
e poi il sentiero è improvvisamente sceso
Alicia no tuvo ni un momento para pensar en detenerse
Alice non ebbe un momento per pensare a fermarsi
Se encontró a sí misma cayendo y abajo y abajo
Si ritrovò a cadere sempre giù e giù
Parecía como si hubiera caído en un pozo muy profundo
sembrava che fosse caduta in un pozzo molto profondo
O el pozo era muy profundo, o ella caía muy lentamente
O il pozzo era molto profondo, o è caduta molto lentamente
porque tenía tiempo de sobra para caer
perché aveva tutto il tempo di cadere
Mientras caía, podía mirar a su alrededor
Mentre stava cadendo, poteva guardarsi intorno
Primero, trató de averiguar a dónde iba
Per prima cosa, ha cercato di capire dove stava andando
Pero el pozo estaba demasiado oscuro para ver nada
ma il pozzo era troppo buio per vedere qualcosa
Luego miró a los lados del pozo
Poi guardò i lati del pozzo
Y se dio cuenta de que había armarios a su alrededor
E notò che c'erano armadi tutt'intorno a lei
y alrededor del pozo había estanterías de libros
e tutto intorno al pozzo c'erano scaffali di libri
Aquí y allá veía mapas y cuadros colgados de perchas
Qua e là vedeva mappe e quadri appesi a pioli
Al pasar, bajó un frasco de una de las estanterías
Prese un barattolo da uno degli scaffali mentre passava
El frasco estaba etiquetado por su contenido
Il barattolo è stato etichettato per il suo contenuto
"MERMELADA DE NARANJAS"
"MARMELLATA DI ARANCE"
**Pero, para su gran decepción, el frasco de mermelada estaba
vacío**
ma, con sua grande delusione, il barattolo di marmellata era
vuoto
No quería dejar caer el tarro de mermelada vacío

Non voleva far cadere il barattolo di marmellata vuoto

y su caída fue muy lenta

e la sua caduta fu molto lenta

Así que se las arregló para poner el frasco de mermelada en uno de los armarios

Così riuscì a mettere il barattolo di marmellata in uno degli armadi

¡Abajo, abajo, abajo, ella cae!

Giù, giù, giù!

¿Llegaría alguna vez la caída a su fin?

La caduta sarebbe mai finita?

No había nada más que hacer

Non c'era nient'altro da fare

así que Alicia pronto empezó a hablar consigo misma

così Alice iniziò presto a parlare da sola

—¡Dinah me echará mucho de menos esta noche, creo!

«A Dinah mancherò molto stasera, credo!»

Dinah era la gata de Alicia

Dinah era la gatta di Alice

"Espero que se acuerden de su plato de leche a la hora del té"

"Spero che si ricorderanno del suo piattino di latte all'ora del tè"

—¡Dinah, querida, desearía que estuvieras aquí abajo conmigo!

"Dinah, mia cara, vorrei che tu fossi qui con me!"

Alicia sintió que se estaba quedando dormida

Alice si sentiva appisolata

Y de repente, ¡pum! ¡golpe!

E poi, all'improvviso, tonfo! tonfo!

Cayó sobre un montón de palos

cadde su un mucchio di bastoni

y aterrizó sobre un montón de hojas secas

e atterrò su un mucchio di foglie secche

Y finalmente la larga caída por el agujero había terminado

e finalmente la lunga caduta nel buco era finita

Alicia no estaba herida en lo más mínimo

Alice non si fece male

Y se levantó de un salto en un momento
e in un attimo balzò in piedi
Alzó la vista, pero todo estaba oscuro sobre su cabeza
Alzò lo sguardo, ma sopra di lei era tutto buio
Frente a ella había otro largo pasillo
Davanti a lei c'era un altro lungo corridoio
y el Conejo Blanco seguía a la vista
e il Bianconiglio era ancora in vista
Corría por el pasillo
Si stava affrettando lungo il corridoio
No había un momento que perder
Non c'era un momento da perdere
Alicia salió corriendo como el viento
Alice corse via come il vento
A la vuelta de la esquina giró el conejo
Dietro l'angolo si girò il coniglio
Llegó justo a tiempo para oír al conejo
Fece appena in tempo a sentire il coniglio
"Oh, mis orejas y bigotes"
""Oh, le mie orecchie e i miei baffi"
"¡Qué tarde se está haciendo!"
"Come si sta facendo tardi!"
Estaba muy cerca del conejo
Era vicina al coniglio
Dobló otra esquina
Ha girato un altro angolo
pero el Conejo ya no se dejaba ver
ma il Coniglio non si vedeva più
Se encontró en un pasillo largo y bajo
Si ritrovò in un corridoio lungo e basso
La sala estaba iluminada por una hilera de lámparas de techo
La sala era illuminata da una fila di lampade a soffitto
Había puertas por todo el pasillo
C'erano porte tutt'intorno alla sala
pero todas las puertas estaban cerradas con llave
ma tutte le porte erano chiuse a chiave
Caminó por un lado del pasillo

Camminò lungo un lato del corridoio

Y ella había caminado todo el camino hasta el otro lado de la sala

e lei aveva camminato fino all'altro lato del corridoio

Había intentado todas las puertas

Aveva provato ogni porta

Y caminó tristemente por el centro del pasillo

e camminò triste in mezzo al corridoio

"¿Cómo voy a volver a salir?"

"Come farò mai a uscirne di nuovo?"

De repente se encontró con una mesita

All'improvviso si imbatté in un tavolino

La mesa estaba hecha completamente de vidrio macizo

Il tavolo è stato realizzato interamente in vetro massiccio

No había nada sobre la mesa, excepto una pequeña llave dorada

Sul tavolo non c'era altro che una minuscola chiave d'oro

¡La llave podría pertenecer a una de las puertas!
La chiave potrebbe appartenere a una delle porte!
Pero, ¡ay! Algunas de las cerraduras eran demasiado grandes para las llaves
Ma, ahimè! Alcune serrature erano troppo grandi per le chiavi
y para las otras cerraduras la llave era demasiado pequeña
e per le altre serrature la chiave era troppo piccola
Pero, en cualquier caso, la llave no abrió ninguna de las puertas
ma, in ogni caso, la chiave non aprì nessuna delle porte
Pero, ¿qué iba a hacer ella?
ma che cosa doveva fare?
Volvió a atravesar el pasillo
Attraversò di nuovo il corridoio
Y esta vez se fijó en una cortina baja
e questa volta notò una tenda bassa
Detrás de la cortina había una puertecita
Dietro la tenda c'era una porticina
La puerta tenía unos quince centímetros de alto
La porta era alta circa quindici pollici
Probó la pequeña llave dorada en la cerradura
Provò la piccola chiave d'oro nella serratura
Y para su gran deleite, ¡la llave encajó en la cerradura!
e con sua grande gioia, la chiave entrò nella serratura!
Alicia abrió la puerta
Alice aprì la porta
Y encontró que la puerta daba a un pequeño pasillo
e scoprì che la porta dava su un piccolo corridoio
El corredor no era mucho más grande que una madriguera de ratas
Il corridoio non era molto più grande di una tana di topi
Se arrodilló y miró a lo largo del pasillo
Si inginocchiò e guardò lungo il corridoio
Y ella vio el jardín más hermoso que jamás hayas visto
e ha visto il giardino più bello che tu abbia mai visto
¡Cómo anhelaba salir de ese oscuro salón
Quanto desiderava uscire da quella sala buia

cómo quería vagar entre esas flores brillantes
come voleva vagare tra quei fiori luminosi
¡Qué genial se veían esas fuentes
quanto erano fresche e rinfrescanti quelle fontane
Pero ni siquiera podía meter la cabeza por la puerta
ma non riusciva nemmeno a far passare la testa attraverso la
porta
-¡Oh! -exclamó Alicia con tristeza-
«Oh», disse Alice, tristemente
"¡Cómo desearía poder plegarme como un telescopio!"
"come vorrei potermi piegare come un telescopio!"
"Creo que podría plegarme como un telescopio"
"Penso che potrei ripiegarmi come un telescopio"
"Si supiera cómo empezar"
"se solo sapessi cominciare"
Alicia volvió a la mesa
Alice tornò al tavolo
Existía la posibilidad de encontrar otra llave
c'era la possibilità di trovare un'altra chiave
O podría haber un libro de reglas
o potrebbe esserci un libro di regole
El libro podría decirle cómo plegarse como un telescopio
Il libro potrebbe dirle come piegarsi come un telescopio
Esta vez encontró una botellita
Questa volta trovò una bottiglietta
—Esta botella no estaba aquí antes —dijo Alicia—
«Questa bottiglia non c'era certo prima», disse Alice
**y atada alrededor del cuello de la botella había una etiqueta
de papel**
e legata al collo della bottiglia c'era un'etichetta di carta
La etiqueta estaba bellamente impresa en letras grandes
L'etichetta era splendidamente stampata a grandi lettere
"BÉBEME"
"BEVIMI"
—No, miraré primero —dijo ella—
"No, guarderò prima", ha detto
"Veré si la botella está marcada como venenosa o no"

"Vedrò se la bottiglia è contrassegnata come velenosa o no,"
porque nunca olvidó la lección sobre el veneno
perché non ha mai dimenticato la lezione sul veleno
**"Si una botella está etiquetada como venenosa, es probable
que no esté de acuerdo contigo"**
"Se una bottiglia è etichettata come velenosa, è inevitabile che
non sia d'accordo con te"
Sin embargo, esta botella no estaba marcada como venenosa
Tuttavia, questa bottiglia non è stata contrassegnata come
velenosa
así que Alicia se aventuró a probar el contenido de la botella
così Alice si avventurò ad assaggiare il contenuto della
bottiglia
Encontró el líquido bastante de su agrado
Trovò il liquido di suo gradimento
La bebida tenía una especie de sabor mezclado
La bevanda aveva una sorta di sapore misto
tarta de cerezas, natillas y piña
Crostata di ciliegie, crema pasticcera e ananas
Pavo asado, caramelo y tostadas con mantequilla caliente
Arrosto di tacchino, toffee e toast con burro caldo
Y pronto acabó la botella
e presto finì la bottiglia
-¡Qué sensación tan curiosa! -exclamó Alicia-
«Che strana sensazione!» disse Alice
"¡Me estoy pliegando como un telescopio!"
"Mi sto ripiegando come un telescopio!"
¡Y se estaba pliegando como un telescopio!
E si stava ripiegando come un telescopio!
Ahora solo medía diez pulgadas de alto
Ora era alta solo dieci pollici
y su rostro se iluminó con sus pensamientos
e il suo viso si illuminò al pensiero
Ahora ella tenía el tamaño adecuado para la pequeña puerta
ora era della misura giusta per la porticina
Ahora podía entrar en ese hermoso jardín
ora poteva entrare in quel bel giardino

Pronto dejó de hacerse más pequeña
Presto smise di rimpicciolirsi
Decidió ir al jardín de inmediato
Decise di andare subito in giardino
pero, ¡ay de la pobre Alicia!
ma, ahimè per la povera Alice!
Llegó a la puerta
Lei è arrivata alla porta
Pero había olvidado la pequeña llave de oro
ma aveva dimenticato la piccola chiave d'oro
Volvió a la mesa en busca de la llave
Tornò al tavolo per prendere la chiave
Pero se dio cuenta de que no podía llegar lo suficientemente alto
ma scoprì che non poteva arrivare abbastanza in alto
Podía ver la llave claramente a través del cristal
Poteva vedere la chiave abbastanza chiaramente attraverso il vetro
Trató de trepar por las patas de la mesa
Cercò di arrampicarsi sulle gambe del tavolo
Pero el cristal era demasiado resbaladizo
ma il vetro era troppo scivoloso
Con el tiempo se cansó de intentarlo
Alla fine si stancò di provare
Y la pobre niña se sentó y lloró
E la povera bambina si sedette e pianse
Alicia se habló a sí misma con bastante brusquedad
Alice parlava a se stessa in modo piuttosto aspro
"¡Vamos, no sirve de nada llorar así!"
"Vieni, è inutile piangere così!"
"¡Te aconsejo que te detengas ahora mismo!"
"Ti consiglio di fermarti proprio in questo momento!"
En general, se daba muy buenos consejos
In genere si dava ottimi consigli
aunque muy rara vez seguía sus propios consejos
anche se molto raramente seguiva il suo consiglio
Y a veces era demasiado dura consigo misma

e a volte era troppo dura con se stessa

y sus palabras hicieron que se le llenaran los ojos de lágrimas

e le sue parole le fecero venire le lacrime agli occhi

Pronto sus ojos se posaron en una cajita de cristal

Presto il suo occhio cadde su una piccola scatola di vetro

La cajita de cristal estaba debajo de la mesa

La scatoletta di vetro giaceva sotto il tavolo

En la caja de cristal había un pastel muy pequeño

Nella scatola di vetro c'era una torta molto piccola

En el pastel, algunas palabras estaban bellamente escritas

Sulla torta alcune parole erano scritte magnificamente

Las palabras habían sido marcadas con grosellas

le parole erano state segnate in ribes

"CÓMEME"

"MANGIAMI"

—Bueno, me comeré el pastel —dijo Alicia—

«Ebbene, mangerò la torta», disse Alice

"y si el pastel me hace crecer, puedo llegar a la llave"

"e se la torta mi fa ingrandire, posso raggiungere la chiave"

"y si el pastel me hace más pequeño, puedo arrastrarme por debajo de la puerta"

"e se la torta mi fa rimpicciolire, posso infilarmi sotto la porta"

"así que de cualquier manera me meteré en el jardín"

"quindi in ogni caso entrerò in giardino"

"¡Y no me importa cuál de los dos suceda!"

"e non mi interessa quale dei due accada!"

Se comió un pedacito del pastel

Ha mangiato un po' della torta

Y se habló a sí misma con ansiedad:

e parlava ansiosamente a se stessa:

—¿De qué manera? ¿Hacia dónde?

"Da che parte? Da che parte?"

Y se llevó la mano a la cabeza

e si tenne la mano sul capo

Quería sentir de qué manera estaba creciendo

Voleva sentire in che modo stava crescendo

Se sorprendió bastante al descubrir lo que había sucedido
Era piuttosto sorpresa di scoprire cosa era successo
¡Había permanecido del mismo tamaño!
Era rimasta della stessa taglia!
Así que esta vez redobló sus esfuerzos
Così questa volta raddoppiò i suoi sforzi
Y pronto terminó todo el pastel
e presto finì tutta la torta

El charco de lágrimas
La pozza di lacrime

-¡Esto se está poniendo cada vez más interesante! -exclamó Alicia-

«La cosa si fa sempre più interessante!» esclamò Alice

Se puede ver que estaba muy sorprendida

Si vede che era molto sorpresa

"¡Me estoy abriendo como el telescopio más grande que jamás haya existido!"

"Mi sto aprendo come il più grande telescopio che ci sia mai stato!"

—¡Adiós, pies! ¡Oh, mis pobres piecitos!

«Addio, piedi! Oh, miei poveri piedini"

"Me pregunto quién se pondrá sus zapatos por ustedes ahora, queridos".

«Mi chiedo chi vi metterà le scarpe per voi, adesso, miei cari?»

—¿Y me pregunto quién se pondrá las medias?

«e mi chiedo chi ti metterà le calze?»

"Estaré demasiado lejos"

"Sarò molto troppo lontano"

"No podré preocuparme más por ti"

"Non potrò più preoccuparmi di te"

Justo en ese momento su cabeza golpeó contra algo

Proprio in quel momento la sua testa urtò contro qualcosa

Había llegado al techo de la sala

Aveva raggiunto il tetto della sala

De hecho, ahora medía más de dos metros de altura

infatti, ora era alta più di due metri

Y al instante tomó la pequeña llave de oro

e subito prese la piccola chiave d'oro

Y se apresuró a llegar a la puerta del jardín

e si affrettò verso la porta del giardino

¡Pobre Alicia! No había mucho que pudiera hacer

Povera Alice! Non c'era molto che potesse fare

Se acostó de lado

si sdraiò su un fianco

Y miró al jardín con un ojo

e guardò attraverso il giardino con un occhio solo
Pero salir adelante era más desesperado que nunca
ma farcela era più disperato che mai
Se sentó y comenzó a llorar de nuevo
Si sedette e ricominciò a piangere
Siguió derramando galones de lágrimas
Ha continuato a versare litri di lacrime
Pronto había un gran estanque a su alrededor
Ben presto ci fu una grande piscina tutt'intorno a lei
Y el agua llegaba hasta la mitad del pasillo
e l'acqua arrivò a metà del corridoio
Al cabo de un rato, oyó un pequeño golpeteo de pies
Dopo un po', sentì un piccolo picchiettio di piedi
Oyó los pasos que venían de lejos
Sentì i piedi venire da lontano
Y se secó los ojos apresuradamente para ver lo que venía
e si asciugò in fretta gli occhi per vedere cosa stava per succedere
Era el Conejo Blanco que regresaba
Era il Bianconiglio che tornava
Iba espléndidamente vestido
era vestito splendidamente
Tenía un par de guantes blancos en una mano
Aveva un paio di guanti bianchi in una mano
y tenía un gran abanico de plumas en la otra mano
e nell'altra mano aveva un grande ventaglio di piume
Llegó trotando a toda prisa
Venne trotterellando in gran fretta
y murmuró para sí: "¡Oh! ¡La duquesa, la duquesa!
e mormorò tra sé: "Oh! la duchessa, la duchessa!"
—¡Oh! ¡No será salvaje si la he hecho esperar!
«Oh! non sarà selvaggia se l'ho fatta aspettare!»

Cuando el Conejo se acercó a ella, Alicia habló

Quando il Coniglio le si avvicinò, Alice parlò

Pero ella hablaba en voz baja y tímida

ma parlava con voce bassa e timida

"Señor, por favor, deje de hacer lo que está haciendo por un momento"

"Signore, per favore smettila di fare quello che stai facendo per un momento"

El Conejo se sobresaltó violentamente

Il Coniglio trasalì violentemente

Dejó caer los guantes blancos y el abanico de plumas

Lasciò cadere i guanti bianchi e il ventaglio di piume

Y se escabulló en la oscuridad lo más rápido que pudo

e si affrettò via nell'oscurità più in fretta che poté

Alicia recogió el abanico de plumas y los guantes

Alice prese il ventaglio di piume e i guanti

Y no paraba de abanicarse mientras seguía hablando

e continuava a sventolarsi mentre continuava a parlare

"¡Querido, querido! ¡Qué extraño es todo hoy!"

«Caro, caro! Com'è strano tutto oggi!"

"Ayer las cosas siguieron como siempre"
"Ieri le cose sono andate avanti come al solito"
—¿Era yo el mismo cuando me levanté esta mañana?
«Ero lo stesso quando mi sono alzato stamattina?»
"Pero si no soy el mismo, hay otra cuestión"
"Ma se non sono lo stesso, c'è un'altra domanda"
"¿Quién demonios soy yo?"
"Chi diavolo sono io?"
"¡Ah, ese es el gran rompecabezas!"
"Ah, questo è il grande enigma!"
Al decir esto, se miró las manos
Mentre diceva questo, si guardò le mani
Llevaba uno de los Conejos, gusanos blancos
Indossava uno dei piccoli guanti bianchi dei conigli
No se había dado cuenta de que se había puesto el guante mientras hablaba
Non si era accorta di aver indossato il guanto mentre parlava
"¿Cómo pude haber hecho eso?", pensó
«Come ho potuto farlo?» pensò
"Debo estar haciéndome pequeño otra vez"
"Devo diventare di nuovo piccolo"
Se levantó y se acercó a la mesa para medir su altura
Si alzò e andò al tavolo per misurare la sua altezza
Descubrió que ahora medía aproximadamente medio metro de altura
Scoprì che ora era alta circa mezzo metro
Y ella seguía encogiéndose rápidamente
e si stava ancora rimpicciolendo rapidamente
Pronto descubrió cuál era la causa del encogimiento
Presto scoprì qual era la causa del restringimento
¡El abanico de plumas la estaba haciendo más pequeña de nuevo!
Il ventaglio di piume la stava rendendo di nuovo più piccola!
Y dejó caer el abanico de plumas apresuradamente
e lasciò cadere in fretta il ventaglio di piume
Dejó caer el abanico de plumas justo a tiempo para salvarse
Lasciò cadere il ventaglio di piume appena in tempo per

salvarsi

Si se hubiera abanicado por más tiempo, se habría encogido por completo

Se si fosse sventolata più a lungo, si sarebbe ritirata completamente

-¡Ha sido una fuga por los pelos! -dijo Alicia-

«È stata una fuga per un pelo!» disse Alice

Y se asustó mucho ante el cambio repentino

e fu molto spaventata dall'improvviso cambiamento

pero estaba muy contenta de encontrarse todavía en existencia

ma era molto contenta di ritrovarsi ancora in vita

—¡Y ahora, al jardín!

«E ora, via in giardino!»

Y corrió a toda prisa hacia la puertecita

E corse in tutta fretta verso la porticina

Pero, ¡ay! La puertecita se cerró de nuevo

Ma, ahimè! La porticina fu chiusa di nuovo

Y la pequeña llave de oro volvía a estar sobre la mesa de cristal

e la chiavetta d'oro giaceva di nuovo sul tavolo di vetro

"Las cosas están peor que nunca", pensó el pobre niño

"Le cose vanno peggio che mai," pensò la povera bambina

"Nunca antes había sido tan pequeño como esto, ¡nunca!"

"Non sono mai stato così piccolo prima, mai!"

Al decir estas palabras, su pie resbaló

Mentre pronunciava queste parole, il suo piede scivolò

¡Y en otro momento hubo un gran chapoteo!

e in un altro momento c'è stato un grande tonfo!

Estaba sumergida en agua salada hasta la barbilla

Era immersa nell'acqua salata fino al mento

Su primera idea fue que de alguna manera había caído al mar

La sua prima idea fu che in qualche modo fosse caduta in mare

Sin embargo, pronto se dio cuenta de en qué estaba metida

Tuttavia, si rese presto conto di cosa si trovava

Estaba en un charco de lágrimas
Era in una pozza di lacrime
las lágrimas que había llorado cuando tenía dos metros de altura
le lacrime che aveva pianto quando era alta due metri

Justo en ese momento escuchó algo
Proprio in quel momento sentì qualcosa
Algo chapoteaba en la piscina
Qualcosa sguazzava in piscina
El chapoteo venía de un poco más lejos
Gli schizzi provenivano da un po' lontano
Y se acercó nadando para ver qué era el chapoteo
e nuotò più vicino per vedere cosa fossero gli schizzi
Pronto vio que era solo un ratoncito
Ben presto vide che era solo un topolino
El ratoncito también se había metido en el agua
Anche il topolino era scivolato in acqua
Alicia pensó para sí misma sobre la situación
Alice pensò tra sé e sé alla situazione
—¿Serviría de algo hablar con este ratón?

«Sarebbe utile parlare con questo topo?»
"Aquí todo está tan al revés"
"Tutto è così sottosopra quaggiù"
"Creo que es muy probable que este ratón pueda hablar"
"Dovrei pensare che molto probabilmente questo topo può parlare"
"En cualquier caso, no hay nada de malo en intentarlo"
"In ogni caso, non c'è nulla di male a provarci"
Así que empezó a tratar de hablar con el ratón
Così iniziò a cercare di parlare con il topo
"Oh Ratón, ¿conoces la forma de salir de esta piscina?"
"Oh Mouse, conosci la via d'uscita da questa piscina?"
—¡Estoy muy cansado de nadar por aquí, oh ratón!
«Sono molto stanco di nuotare qui, Oh Topo!»
El ratón la miró con curiosidad
Il topo la guardò con aria piuttosto curiosa
El ratón parecía guiñar un ojo con uno de sus ojitos
Il topo sembrava strizzare l'occhio con uno dei suoi occhietti
Pero el ratoncito no dijo nada
ma il topolino non disse nulla
"A lo mejor el ratón no entiende inglés", pensó Alicia
«Forse il topo non capisce l'inglese», pensò Alice
"Me atrevo a decir que es un ratón francés"
"Oserei dire che è un topo francese"
"tal vez este ratón vino con Guillermo el Conquistador"
"forse questo topo è venuto con Guglielmo il Conquistatore"
Así que empezó de nuevo, en francés
Così ricominciò, in francese
"¿Dónde está mi gato?", preguntó en francés
"Dov'è il mio gatto?" chiese in francese
era la primera frase de su libro de clases de francés
era la prima frase del suo libro di lezioni di francese
El Ratón dio un súbito salto fuera del agua
Il Topo fece un balzo improvviso fuori dall'acqua
y el ratón pareció temblar de miedo
e il topo sembrava tremare tutto per lo spavento
-¡Oh, le ruego que me perdone! -exclamó Alicia

apresuradamente-
«Oh, vi chiedo scusa!» esclamò Alice in fretta
Temía haber herido los sentimientos del pobre animal
Aveva paura di aver ferito i sentimenti del povero animale
"Olvidé que no te gustaban los gatos"
"Dimenticavo che non ti piacevano i gatti"
—¡No me gustan los gatos! —exclamó el ratón con voz estridente y apasionada—
«Non mi piacciono i gatti!» esclamò il Topo con voce stridula e appassionata
—¿Te gustaría tener gatos, si fueras yo?
"Ti piacerebbero i gatti, se fossi in me?"
Alicia consoló al ratón en un tono tranquilizador
Alice confortò il topo con un tono rassicurante
"Bueno, tal vez a mí tampoco me gustarían los gatos si fuera tú"
"Beh, forse non mi piacerebbero nemmeno i gatti se fossi in te"
"Por favor, no te enfades por la mención de los gatos"
"Per favore, non arrabbiatevi per la menzione dei gatti"
"Y, sin embargo, desearía poder mostrarte a nuestra gata Dinah"
"Eppure vorrei poterti mostrare la nostra gatta Dinah"
"Si la conocieras, creo que te encapricharías de los gatos"
"Se la incontrassi penso che ti invagheresti dei gatti"
"Si tan solo pudieras verla"
"Se solo potessi vederla"
"Es una cosa tan querida y tranquila"
"È una cosa così cara e tranquilla"
El ratón temblaba por todas partes
Il topo tremava dappertutto
Alicia estaba segura de que el ratón debía de estar realmente ofendido
Alice era certa che il topo si fosse davvero offeso
"No hablaremos más de ella, si prefieres no hacerlo"
"Non parleremo più di lei, se preferisci di no"
-¡Nosotros, en efecto! -exclamó el Ratón-
«Noi, davvero!» gridò il Topo

El ratón temblaba hasta la punta de la cola
Il topo tremava fino alla fine della coda
—¡Como si fuera a hablar de un tema así!
«Come se dovessi parlare di un argomento del genere!»
"Nuestra familia siempre odió a los gatos"
"La nostra famiglia ha sempre odiato i gatti"
"Gatos; ¡Cosas desagradables, bajas, vulgares!"
"gatti; cose brutte, basse, volgari!"
"¡No dejes que vuelva a escuchar el nombre!"
"Non farmi sentire di nuovo quel nome!"
-¡No volveré a hablar de los gatos! -dijo Alicia-
«Non parlerò più di gatti!» disse Alice
Tenía mucha prisa por cambiar de tema
Aveva una gran fretta di cambiare argomento
"¿Eres tú... ¿Te gustan los perros?
"Sei... Ti piacciono i cani?"
"Hay un perrito tan simpático cerca de nuestra casa"
"C'è un cagnolino così simpatico vicino a casa nostra,"
—¡Me gustaría enseñarte el perrito!
"Vorrei mostrarti il cagnolino!"
"Este perrito mata a todas las ratas y...
"Questo cagnolino uccide tutti i topi e...
-¡Oh, querida! -exclamó Alicia en tono triste-
«Oh, mio Dio!» esclamò Alice in tono addolorato
"¡Me temo que te he ofendido de nuevo!"
«Temo di averti offeso di nuovo!»
El ratón se alejaba nadando de ella tan rápido como podía
Il topo nuotava via da lei il più velocemente possibile
y el ratón hizo un gran alboroto en la piscina
e il topo fece un bel trambusto in piscina
Así que llamó suavemente al ratón
Così chiamò dolcemente il topo
"¡Mi querido ratón, por favor vuelve!"
"Mio caro topo, per favore torna indietro!"
"Y no hablaremos de gatos"
"E non parleremo di gatti"
"Y tampoco tenemos que hablar de perros"

"E non dobbiamo nemmeno parlare di cani"
Cuando el ratón escuchó esto, se dio la vuelta
Quando il topo sentì ciò, si voltò
Y el ratoncito nadó lentamente de regreso a ella
e il topolino nuotò lentamente verso di lei
La cara del ratón estaba bastante pálida
Il viso del topo era piuttosto pallido
Y el ratón habló, en voz baja y temblorosa
e il topo parlò, con voce bassa e tremante
"Vamos a la orilla"
"Arriviamo alla riva"
"y luego te contaré mi historia"
"e poi ti racconto la mia storia"
"y entenderás por qué odio a los gatos y a los perros"
"e capirai perché odio cani e gatti"
Ya era hora de partir
Era giunto il momento di partire
porque la piscina se estaba llenando bastante
perché la piscina stava diventando piuttosto affollata
Otros pájaros y animales habían caído en el estanque
Altri uccelli e animali erano caduti nella piscina
había un pato y un dodo
c'erano un Duck e un Dodo
y había un pájaro lori y un aguilucho
e c'erano un uccello Lori e un Aquilotto
Y había varias otras criaturas de aspecto interesante
E c'erano molte altre creature dall'aspetto interessante
Alicia abrió el camino para salir de la piscina
Alice aprì la via d'uscita dalla piscina
Y todo el grupo de animales nadó hasta la orilla
e l'intero gruppo di animali nuotò fino alla riva

Una carrera de caucus y una larga cola

Una corsa al caucus e una lunga coda

De hecho, eran un grupo de animales de aspecto gracioso

Erano davvero un gruppo di animali dall'aspetto buffo

Y todos se reunieron a la orilla del agua

e tutti si radunarono sulla riva dell'acqua

Todos los pájaros tenían las plumas desaliñadas

gli uccelli avevano tutti le piume arruffate

y los animales peludos estaban empapados

e gli animali pelosi erano fradici

y todos estaban empapados, molestos e incómodos

e tutti gocciolavano bagnati, infastiditi e a disagio

Había una pregunta que había que responder primero

C'era una domanda a cui bisognava rispondere per prima

¿Cuál es la mejor manera de que todos se sequen?

Qual è il modo migliore per tutti di asciugarsi?

Tuvieron una consulta sobre este asunto

Hanno avuto una consultazione su questa questione

Pronto todos se sintieron en términos familiares

Ben presto furono tutti in rapporti familiari

Era como si los conociera de toda la vida
Era come se li conoscesse da tutta la vita
El ratón parecía ser una persona de cierta autoridad
Il topo sembrava essere una persona di una certa autorità
"¡Siéntense todos y escúchenme!
"Sedetevi, tutti voi, e ascoltatemi!"
"¡Pronto los volveré a secar!"
"Presto vi farò asciugare di nuovo!"
Se sentaron todos a la vez, en un gran círculo
Si sedettero tutti insieme, in un grande cerchio
y el ratoncito se sentó en el medio
e il topolino si sedette nel mezzo
—¡Ejem! —dijo el ratón con aire importante—
«Ehm!» disse il topo con aria importante
"¿Están todos listos?"
"Siete tutti pronti?"
"Esto es lo más seco que conozco"
"Questa è la cosa più secca che conosca"
—¡Silencio por todas partes, por favor!
«Silenzio tutto intorno, per favore!»
"Guillermo el Conquistador fue favorecido por el Papa"
"Guglielmo il Conquistatore fu favorito dal papa"
"pero pronto fue sometido por los ingleses"
"ma fu presto sottomesso dagli inglesi"
"Últimamente querían líderes"
"Volevano leader negli ultimi tempi"
"Y se habían acostumbrado al poder y a la conquista"
"Ed erano abituati al potere e alla conquista"
"Edwin y Morcar, los condes de Mercia y Northumbria"
"Edwin e Morcar, i conti di Mercia e Northumbria"
—¡Uf! —exclamó el pájaro lori con un escalofrío—
«Uffa!» disse l'uccello lori, con un brivido
"e incluso Stigand, el patriota arzobispo de Canterbury"
"e persino Stigand, l'arcivescovo patriottico di Canterbury"
"A él también le pareció aconsejable"
"Anche lui lo trovò consigliabile"
-¿Qué le pareció aconsejable? -dijo el pato-

«Che cosa ha trovato consigliabile?» disse l'anatra

—Le pareció aconsejable —replicó el ratón con cierto enfado—

«L'ha trovato consigliabile» rispose il topo piuttosto irritato

Pero el pato no estaba satisfecho

ma l'anatra non era soddisfatta

"Por supuesto, ya sabes lo que significa"

"Certo, sai cosa significa 'esso'"

—Sé lo que es cuando encuentro una cosa —dijo el pato—

«So cos'è quando trovo una cosa», disse l'anatra

"Generalmente es una rana o un gusano"

"Generalmente è una rana o un verme"

"La pregunta es, ¿qué encontró el arzobispo?"

"La domanda è: cosa ha trovato l'arcivescovo?"

El ratón no se dio cuenta de esta pregunta

Il topo non si è accorto di questa domanda

En cambio, el ratón continuó apresuradamente con el discurso

Invece, il topo proseguì in fretta con il discorso

"le pareció aconsejable ir con Edgar Atheling"

"ha trovato consigliabile andare con Edgar Atheling"

"para encontrarme con Guillermo y ofrecerle la corona"

"per incontrare Guglielmo e offrirgli la corona"

el ratón continuó, volviéndose hacia Alicia mientras hablaba

il topo continuò, voltandosi verso Alice mentre parlava

—¿Cómo te va ahora, querida?

«Come te la cavi adesso, mia cara?»

—Tan mojado como siempre —dijo Alicia en tono melancólico—

«Bagnata come sempre», disse Alice in tono malinconico

"Esta historia no parece que me seque en absoluto"

"Questa storia non sembra asciugarmi affatto"

—En ese caso —dijo solemnemente el dodo, poniéndose en pie—

«In tal caso», disse solennemente il dodo, alzandosi in piedi

"Voto que se levante la sesión"

"Voto per l'aggiornamento della riunione"

"y propongo la adopción inmediata de remedios más enérgicos"

"e propongo l'adozione immediata di rimedi più energici"

—¡Di palabras de verdad! —dijo el aguilucho—

"Dì parole vere!" disse l'aquilotto

"No conozco el significado de la mitad de esas palabras largas"

"Non conosco il significato di metà di quelle lunghe parole"

—¡Y, lo que es más, tampoco creo que tú lo sepas!

«e, per di più, non credo che lo sappiate nemmeno voi!»

—Lo que iba a decir —dijo el dodo en tono ofendido—

«Quello che stavo per dire» disse il dodo in tono offeso

"Lo mejor para deshacernos sería una contienda electoral"

"La cosa migliore per farci asciugare sarebbe una gara di caucus"

—¿Qué es una contienda electoral? —preguntó Alicia

«Che cos'è una corsa al caucus?» chiese Alice

—Bueno —dijo el dodo—, la mejor manera de explicarlo es hacerlo.

"Beh," disse il dodo, "il modo migliore per spiegarlo è farlo."

"Primero el dodo trazó un hipódromo"

"Per prima cosa il dodo ha tracciato un percorso di gara"

"La pista estaba en una especie de círculo"

"La pista era in una sorta di cerchio"

"Y luego todo el grupo se colocó a lo largo del recorrido"

"e poi tutto il gruppo è stato posizionato lungo il percorso"

No hubo "¡Uno, dos, tres y fuera!"

Non c'era nessun "Uno, due, tre e via!"

pero empezaron a correr cuando quisieron

ma hanno iniziato a correre quando gli piaceva

Y también terminaban cuando querían

e finivano anche quando volevano

Así que no era fácil saber cuándo había terminado la carrera

Quindi non era facile sapere quando la gara era finita

Después de media hora más o menos de correr, todos estaban bastante secos

Dopo circa mezz'ora di corsa erano tutti abbastanza asciutti

el dodo gritó de repente: "¡La carrera ha terminado!"

il dodo gridò all'improvviso: "La gara è finita!"

Y todos se agolparon alrededor del dodo

e tutti si affollarono intorno al dodo

Todos los animales jadeaban y resoplaban

Tutti gli animali ansimavano e sbuffavano

y todos querían saber: "¿Pero quién ha ganado?"

e tutti volevano sapere: "Ma chi ha vinto?".

El dodo no pudo responder de inmediato a esta pregunta

A questa domanda il dodo non seppe rispondere immediatamente

Primero tuvo que pensar mucho

Prima dovette riflettere molto

Después de pensarlo mucho, el Dodo finalmente habló

Dopo aver riflettuto a lungo, il Dodo finalmente parlò

"Todos han ganado y todos deben tener premios"

"Tutti hanno vinto, e tutti devono avere dei premi"

"¿Pero quién va a dar los premios?", preguntó un coro de
voces
«Ma chi darà i premi?» chiese un coro di voci
—Bueno, ella, por supuesto —dijo el dodo—
«Beh, lei, naturalmente» disse il dodo
y el dodo señaló con un dedo a Alicia
e il dodo indicò con un dito Alice
y todo el grupo de animales se agolpó a su alrededor
e tutta la comitiva di animali si affollava intorno a lei
gritaron, de manera confusa: "¡Premios! ¡Premios!"
gridarono, in modo confuso: "Premi! Premi!"
Alicia no tenía ni idea de qué hacer
Alice non aveva idea di cosa fare
Desesperada, se metió la mano en el bolsillo
disperata si mise la mano in tasca
Y sacó una caja de dulces
e tirò fuori una scatola di dolci
Por suerte, el agua salada no había entrado en la caja
per fortuna l'acqua salata non era entrata nella scatola
Y repartió los dulces como premios
e porse i dolci in giro come premi
Había exactamente una pieza para todos
C'era esattamente un pezzo per tutti
Lo siguiente que tenían que hacer era comer los dulces
La prossima cosa che dovevano fare era mangiare i dolci
Esto causó algo de ruido y confusión
Questo ha causato un po' di rumore e confusione
Los grandes pájaros se quejaban de que no podían saborear
sus dulces
I grandi uccelli si lamentavano di non poter assaggiare i loro
dolci
Los pequeños se ahogaron y hubo que darles palmaditas en
la espalda
I piccoli si soffocavano e dovevano essere accarezzati sulla
schiena
Sin embargo, al fin se acabó
Tuttavia, alla fine era finita

y se sentaron de nuevo en un anillo
e si sedettero di nuovo in cerchio
Y le rogaron al ratón que les dijera algo más
e pregarono il topo di dire loro qualcosa di più
—Prometiste contarme tu historia, ¿sabes? —dijo Alicia—
«Mi hai promesso di raccontarmi la tua storia, lo sai», disse
Alice
**E hizo otro pequeño comentario sobre los gatos en un
susurro**
E fece un'altra piccola osservazione sui gatti in un sussurro
No quería volver a ofender al ratón
Non voleva offendere di nuovo il topo
el ratoncito se volvió hacia Alicia y suspiró
il topolino si voltò verso Alice e sospirò
—¡La mía es una larga y triste historia!
"La mia è una storia lunga e triste!"
—Es una cola larga, sin duda —dijo Alicia—
«È una lunga coda, certamente» disse Alice
Y miró con asombro la cola del ratón
E guardò con meraviglia la coda del topo
—¿Pero por qué le llamas cola triste?
"Ma perché la chiami coda triste?"
**Y ella seguía desconcertada al respecto mientras el ratón
hablaba**
E continuava a chiedersi mentre il topo parlava
de modo que su idea del cuento era más o menos así
così che la sua idea del racconto era qualcosa del genere

"Fury said to
a mouse, That
he met in the
house, 'Let
us both go
to law: *I*
will prosecute
you.——
Come, I'll
take no denial:
We must have
the trial;
For really
this morning
I've
nothing
to do.'
Said the
mouse to
the cur,
'Such a
trial, dear
sir, With
no jury
or judge,
would
be wasting
our
breath.'
'I'll be
judge,
I'll be
jury,'
said
cunning
old
Fury;
'I'll
try
the
whole
cause,
and
condemn
you to
death.'"

Furia le dijo a un ratón: "Que se encontró en la casa"

Furia disse a un topo: "Che si è incontrato in casa"

Vayamos los dos a la ley: yo te procesaré

Andiamo entrambi in tribunale: ti perseguirò

Vamos, no aceptaré ninguna negación: debemos tener el juicio

Vieni, non accetterò alcuna negazione: dobbiamo avere il processo

Porque realmente esta mañana no tengo nada que hacer

Perché davvero stamattina non ho niente da fare

Dijo el ratón al cur;

Disse il topo al maledetto;
**Un juicio así, querido señor, sin jurado ni juez, sería una
pérdida de aliento**
Un processo del genere, caro signore, senza giuria o giudice, ci
farebbe perdere il fiato
—Seré juez, seré jurado —dijo el astuto viejo Fury—
«Sarò giudice, sarò giuria» disse l'astuto vecchio Fury
Juzgaré toda la causa y te condenaré a muerte
Proverò tutta la causa e ti condannerò a morte
el ratón le habló severamente a Alicia
il topo parlò severamente ad Alice
"¡No estás prestando atención!"
"Non stai prestando attenzione!"
—¿En qué estás pensando?
"A cosa stai pensando?"
**—Le ruego que me perdone —dijo Alicia muy
humildemente—**
«Vi chiedo scusa», disse Alice molto umilmente
– ¿Habías llegado a la quinta curva, creo?
«Eri arrivato alla quinta curva, credo?»
"¡Me insultas diciendo tales tonterías!"
"Mi insulti dicendo queste sciocchezze!"
Y el ratón se levantó y se alejó
e il topo si alzò e se ne andò
Alicia llamó al ratoncito
Alice chiamò il topolino
"¡Por favor, regresa y termina tu historia!"
"Per favore, torna e finisci la tua storia!"
Y todos los demás se unieron a coro
E gli altri si unirono tutti in coro
"¡Sí, por favor, termine su historia!"
"Sì, per favore, finisci la tua storia!"
Pero el ratón se limitó a negar con la cabeza con impaciencia
Ma il topo scosse la testa con impazienza
Y el ratoncito caminó un poco más rápido
e il topolino camminò un po' più in fretta
—¡Ojalá tuviera aquí a Dinah, nuestra gata! —dijo Alicia—

«Vorrei avere qui Dinah, la nostra gatta!» disse Alice

Esto causó una notable sensación entre el grupo

Ciò causò una notevole sensazione tra il partito

Algunos de los pájaros se apresuraron a huir de inmediato

Alcuni uccelli si affrettarono ad andarsene subito

y un canario gritó con voz temblorosa a sus hijos;

e un canarino chiamò con voce tremante i suoi figli;

—¡Váyanse, queridos míos!

"Venite via, miei cari!"

"¡Ya es hora de que estén todos en la cama!"

"È giunto il momento che siate tutti a letto!"

Con varias excusas se fueron todos

con varie scuse se ne andarono tutti

y Alicia no tardó en quedarse sola

e Alice fu presto lasciata sola

—¡Ojalá no hubiera mencionado a Dinah!

«Vorrei non aver menzionato Dinah!»

"Parece que a nadie le gusta aquí abajo"

"Sembra che non piaccia a nessuno quaggiù"

—¡Pero estoy seguro de que es la mejor gata del mundo!

"ma sono sicuro che è il miglior gatto del mondo!"

La pobre Alicia se echó a llorar de nuevo

La povera Alice ricominciò a piangere

porque se sentía muy sola y desanimada

perché si sentiva molto sola e di cattivo umore

Al cabo de un rato, sin embargo, volvió a oír algo

Dopo un po', però, sentì di nuovo qualcosa

un pequeño golpeteo de pasos a lo lejos

un piccolo scalpiccio di passi in lontananza

Y ella miró hacia arriba ansiosamente

e alzò gli occhi con impazienza

Era el conejo blanco, que volvía trotando lentamente
Era il coniglio bianco, che trotterellava lentamente di nuovo indietro
Miraba a su alrededor ansiosamente mientras se alejaba
Si guardava intorno ansiosamente mentre se ne andava
Parecía como si hubiera perdido algo
sembrava che avesse perso qualcosa
Alicia le oyó murmurar para sí misma
Alice lo sentì borbottare tra sé e sé
—¡La duquesa! ¡La duquesa! ¡Oh, mis queridas patas!
"La duchessa! La Duchessa! Oh, mie care zampe!"
—¡Oh, mi pelo y mis bigotes!
"Oh, la mia pelliccia e i miei baffi!"
"Ella hará que me ejecuten, estoy seguro de eso"
"Mi farà giustiziare, ne sono sicuro"
—¡Tan cierto como que los hurones son hurones!
"Proprio come i furetti sono furetti!"
"¿Dónde puedo haber dejado mis cosas, me pregunto?"
«Dove posso aver lasciato cadere le mie cose, mi chiedo?»
Alicia adivinó en un momento lo que estaba buscando
Alice indovinò in un attimo cosa stava cercando

Buscaba el abanico de plumas
Stava cercando il ventaglio di piume
Y buscaba el par de guantes blancos
e stava cercando il paio di guanti bianchi
Así que ella, muy bondadosamente, comenzó a buscar los guantes
Così si mise molto bonariamente a cercare i guanti
Y también buscó el abanico de plumas
e anche lei cercò il ventaglio di piume
Pero los guantes y el abanico de plumas no se veían por ninguna parte
Ma i guanti e il ventaglio di piume non si vedevano da nessuna parte
Todo parecía haber cambiado desde que se bañó en la piscina
Tutto sembrava essere cambiato da quando aveva nuotato in piscina
Nada era igual desde que estaba en el Gran Salón
Niente era più lo stesso da quando era stata nella Sala Grande
y la mesa de cristal había desaparecido
e il tavolo di vetro era svanito
Y la puertecita tampoco estaba allí
E nemmeno la porticina c'era
Muy pronto el conejo se fijó en Alicia
Ben presto il coniglio notò Alice
—la llamó en tono airado
La chiamò in tono arrabbiato
—Mary Ann, ¿qué haces aquí?
"Mary Ann, cosa ci fai qui?"
"Corre a casa en este momento"
"Corri a casa in questo momento"
—¡Y tráeme un par de guantes y un abanico de plumas!
"E portami un paio di guanti e un ventaglio di piume!"
—¡Y date prisa!
"E fai in fretta!"
Alicia se habló a sí misma mientras salía corriendo
Alice parlava a se stessa mentre correva via

—¡Debe de haberme confundido con su criada!

«Deve avermi scambiata per la sua cameriera!»

"¡Qué sorpresa se quedará cuando se entere de quién soy!"

«Come sarà sorpreso quando scoprirà chi sono!»

Al decir esto, se encontró con una casita pulcra

Mentre diceva questo, si imbatté in una casetta ordinata

En la puerta de la casa había una placa de bronce brillante

Sulla porta della casa c'era una targa di ottone lucido

"W. CONEJO"

"W. CONIGLIO"

Entró sin llamar a la puerta

Entrò senza bussare alla porta

Y se apresuró a subir las escaleras

e si affrettò a salire le scale

le preocupaba conocer a la verdadera Mary Ann

era preoccupata di poter incontrare la vera Mary Ann

porque entonces la echarían de la casa

perché allora sarebbe stata cacciata di casa

Y no sería capaz de encontrar el abanico de plumas y los guantes

E non sarebbe stata in grado di trovare il ventaglio di piume e i guanti

Alicia había encontrado el camino hacia una pequeña habitación ordenada

Alice aveva trovato la strada in una stanzetta ordinata

En la habitación había una mesa junto a la ventana

Nella stanza c'era un tavolo vicino alla finestra

y sobre la mesa había un abanico de plumas

e sul tavolo c'era un ventaglio di piume

Y había dos o tres pares de diminutos guantes blancos

e c'erano due o tre paia di minuscoli guanti bianchi

Cogió el abanico de plumas y un par de guantes

Raccolse il ventaglio di piume e un paio di guanti

Y estaba a punto de salir de la habitación

e stava per lasciare la stanza

Pero entonces sus ojos se posaron en una botellita

ma poi i suoi occhi caddero su una bottiglietta

Descorchó la botella y se la llevó a los labios
Stappò la bottiglia e se la portò alle labbra
"Espero que me haga crecer de nuevo"
"Spero davvero che mi faccia crescere di nuovo"
"¡Estoy cansada de ser una cosita tan pequeña!"
"Sono stanca di essere una cosa così piccola!"
Alicia apenas se había bebido la mitad de la botella
Alice aveva bevuto a malapena metà della bottiglia
Su cabeza ya estaba presionada contra el techo
La sua testa stava già premendo contro il soffitto
Y tuvo que agacharse
E ha dovuto chinarsi
para salvar su cuello de ser roto
per salvare il suo collo dalla rottura
Dejó apresuradamente la botella
Posò in fretta la bottiglia
"Con eso basta"
"Basta"
"Espero no crecer más"
"Spero di non crescere più"
¡Ay! ¡Era demasiado tarde para desearlo!
Ahimé! Era troppo tardi per augurarlo!
Ella siguió creciendo y creciendo
Ha continuato a crescere e crescere
y muy pronto tuvo que arrodillarse en el suelo
e ben presto dovette inginocchiarsi sul pavimento
Y aun así siguió creciendo
e anche allora continuava a crescere
Como último recurso, sacó un brazo por la ventana
Come ultima risorsa mise un braccio fuori dalla finestra
Y metió un pie por la chimenea
e mise un piede su per il camino
"Ahora no puedo hacer más, pase lo que pase"
"Ora non posso più fare, qualunque cosa accada"
—¿Qué será de mí?
"Che ne sarà di me?"

Alicia tuvo un poco de suerte
Alice ha avuto un po' di fortuna
La pequeña botella mágica había tenido todo su efecto
La bottiglietta magica aveva avuto tutto il suo effetto
y Alicia no creció más de lo que era
e Alice non crebbe più di quanto non fosse
Al cabo de unos minutos oyó una voz en el exterior
Dopo qualche minuto sentì una voce fuori
Y se detuvo a escuchar la voz
e si fermò ad ascoltare la voce
—¡María Ana! ¡Mary Ann! -dijo la voz-
«Mary Ann! Mary Ann!» disse la voce
"¡Tráeme mis guantes en este momento!"
"Portami i miei guanti in questo momento!"
Luego se oyó un pequeño golpeteo de pies en la escalera
Poi venne un piccolo picchiettio di piedi sulle scale
Alicia supo que era el conejo que venía a buscarla
Alice sapeva che era il coniglio che veniva a cercarla
Y tembló hasta hacer temblar la casa

e tremò fino a scuotere la casa
Se olvidó por completo de sus proporciones
Aveva completamente dimenticato quali fossero le sue proporzioni
Era mil veces más grande que el conejo
Era mille volte più grande del coniglio
Y no tenía por qué temer a un conejo
e non aveva motivo di aver paura di un coniglio
De pronto, el conejo se acercó a la puerta
Di lì a poco il coniglio si avvicinò alla porta
Y el conejito trató de abrir la puerta
e il coniglietto cercò di aprire la porta
La puerta comenzó a abrirse hacia adentro
La porta iniziò ad aprirsi verso l'interno
pero el codo de Alicia estaba apretado con fuerza contra la puerta
ma il gomito di Alice era premuto con forza contro la porta
Ese intento resultó un fracaso
Quel tentativo si è rivelato un fallimento
Alicia oyó que el conejo se hablaba a sí mismo
Alice sentì il coniglio parlare da solo
"Entonces daré la vuelta y entraré por la ventana"
"Allora vado in giro ed entro dalla finestra"
«¡Que no lo harás!», pensó Alicia
«Non lo farai!» pensò Alice
Y volvió a esperar un poco
e aspettò ancora un po'
Pronto oyó al conejo justo debajo de la ventana
Poco dopo sentì il coniglio proprio sotto la finestra
De repente extendió la mano
All'improvviso allargò la mano
Y ella hizo un arrebato en el aire
e fece uno strappo in aria
No se apoderó de nada
Non si è impossessata di nulla
Pero oyó un pequeño alarido y una caída
ma sentì un piccolo grido e una caduta

Y oyó el estrépito de cristales rotos
e sentì uno schianto di vetri rotti
Tal vez el conejo se había caído
Forse il coniglio era caduto
Tal vez estaba en un invernadero
forse era in una serra
Luego se oyó una voz airada; La voz del conejo
Poi giunse una voce arrabbiata; La voce del coniglio
"Pat, ¿dónde estás?"
"Pat, dove sei?"
Y entonces llegó una voz que nunca antes había oído
E poi arrivò una voce che non aveva mai sentito prima
"¡Su señoría, estoy aquí!"
"Vostro onore, sono qui!"
"Estoy cavando en busca de manzanas"
"Sto scavando in cerca di mele"
"¡Aquí! ¡Ven y ayúdame a salir de esto!"
"Ecco! Vieni ad aiutarmi a uscire da questa situazione!"
—Ahora dime, Pat, ¿qué es eso que hay en la ventana?
«Adesso dimmi, Pat, che cosa c'è nella finestra?»
"Claro, su señoría, se lo diré"
"Certo, vostro onore, ve lo dirò"
"¡Es un brazo que está en la ventana!"
"È un braccio che è nella finestra!"
"Bueno, un brazo no tiene nada que hacer allí"
"Beh, un braccio non ha nulla da fare lì"
"¡Ve y quítate el brazo!"
"Va' e porta via il braccio!"
Hubo un largo silencio después de esto
Dopo questo ci fu un lungo silenzio
y Alicia sólo podía oír susurros de vez en cuando
e Alice sentiva solo sussurri di tanto in tanto
Y, por fin, volvió a extender la mano
e alla fine allargò di nuovo la mano
Y ella hizo otro arrebato en el aire
e fece un altro strappo in aria
Esta vez hubo dos pequeños chillidos

Questa volta ci sono state due piccole grida
y se escucharon más sonidos de vidrios rotos
e c'erano altri rumori di vetri rotti
«¡Me pregunto qué harán ahora!», pensó Alicia
«Chissà che cosa faranno dopo!» pensò Alice
"Ojalá me sacaran por la ventana"
"Vorrei che mi tirassero fuori dalla finestra"
Esperó un buen rato
Ha aspettato un po' di tempo
Pero durante un rato no oyó nada más
ma per un po' non sentì più nulla
Por fin se oyó el estruendo de unas ruedas
Alla fine arrivò un rombo di piccole ruote
Y se oyó el sonido de muchas voces
e giunse il suono di un bel po' di voci
Todas las voces hablaban al unísono
Tutte le voci parlavano tra loro
Pudo distinguir algunas de las palabras
Riusciva a distinguere alcune delle parole
—¿Dónde está la otra escalera?
"Dov'è l'altra scala?"
"Bill tiene la otra escalera"
"Bill ha l'altra scala"
"¡Bill, ven aquí!"
«Bill, vieni qui!»
—¿Soportará el techo la carga?
"Il tetto sopporterà il carico?"
—¿Quién quiere bajar por la chimenea?
"Chi vuole scendere dal camino?"
—¡No, no lo haré! ¡Tú lo haces!"
«No, non lo farò! Fallo tu!"
—¡Aquí, Bill!
«Ecco, Bill!»
"¡El maestro dice que tienes que bajar por la chimenea!"
«Il padrone dice che devi scendere dal camino!»
Alicia arrastró el pie por la chimenea todo lo que pudo
Alice tirò il piede giù per il camino il più possibile

Y luego esperó a ver lo que venía
E poi aspettò di vedere cosa stava per succedere
Escuchó a un animalito arañar y revolver
Sentì un animaletto graffiare e arrampicarsi
El animalito debe estar en la chimenea
l'animaletto deve essere nel camino
Luego dio una fuerte patada
Poi diede un calcio secco
Y esperó a ver qué pasaría después
E aspettò di vedere cosa sarebbe successo dopo
Oyó un coro general de voces
Sentì un coro generale di voci
"¡Ahí va Bill!", dijeron todos
«Ecco Bill!» dissero tutti
Entonces oyó solo la voz del conejo
Poi sentì la voce del coniglio da sola
"¡Tú por el seto, atrápalo!"
"Tu vicino alla siepe, prendilo!"
Hubo otro momento de silencio
Ci fu un altro momento di silenzio
Y entonces hubo otra confusión de voces
E poi c'è stata un'altra confusione di voci
"Levanta la cabeza, Brandy"
"Alza la testa, Brandy"
"Ten cuidado de no asfixiarlo"
"Attenzione a non soffocarlo"
—¿Qué te pasó?
"Che cosa ti è successo?"
Por último, llegó una vocecita débil y chillona
Per ultimo arrivò una voce un po' debole e stridula
"Bueno, ya casi no sé"
"Beh, non so quasi più"
"Gracias a todos, ahora estoy mejor"
"grazie a tutti, ora sto meglio"
"Hay una cosa que puedo recordar"
"C'è una cosa che riesco a ricordare"
"Algo viene hacia mí como un tren en un túnel"

"Qualcosa mi viene addosso come un treno in un tunnel"
"¡Y vuelo hacia arriba como un cohete!"
"e su volo come un razzo del cielo!"
Hubo uno o dos minutos de silencio
Ci sono stati un minuto o due di silenzio
Y entonces empezaron a moverse de nuevo
e poi ripresero a muoversi
y Alicia oyó hablar de nuevo al Conejo
e Alice sentì di nuovo parlare il Coniglio
"Un túmulo servirá, para empezar"
"Va bene una carriola, tanto per cominciare"
«¿Un túmulo lleno de qué?», pensó Alicia
«Un mucchio di che cosa?» pensò Alice
Pero no la mantuvieron en suspenso por mucho tiempo
Ma non fu tenuta con il fiato sospeso a lungo
Una lluvia de guijarros entró por la ventana
Una pioggia di sassolini entrava dalla finestra
Y algunas de las piedrecitas le golpearon en la cara
e alcuni dei piccoli sassolini la colpirono in faccia
Alicia se sorprendió por los guijarros
Alice era sorpresa dai piccoli sassolini
Todos los guijarros se estaban convirtiendo en pasteles
Tutti i sassolini si stavano trasformando in torte
Y una idea brillante se le ocurrió
e un'idea brillante le venne in mente
"Debería comerme uno de estos pasteles"
"Dovrei mangiare una di queste torte"
"El pastel seguramente hará algún cambio en mi tamaño"
"La torta farà sicuramente qualche cambiamento nella mia taglia"
Así que se tragó uno de los pasteles
Così ingoiò una delle torte
Y se alegró al descubrir que empezaba a encogerse
E fu felice di scoprire che cominciò a rimpicciolirsi
Pronto fue lo suficientemente pequeña como para pasar por la puerta
Ben presto fu abbastanza piccola da passare attraverso la porta

Salió corriendo de la casa
Corse fuori di casa
Una multitud de animalitos y pájaros esperaban afuera
Una folla di animaletti e uccelli aspettava fuori
todos los pajaritos y animales se abalanzaron sobre Alicia
tutti gli uccellini e gli animali si precipitarono verso Alice
Pero ella huyó lo más rápido que pudo
ma corse via più in fretta che poté
Y pronto se encontró a salvo en un espeso bosque
e ben presto si ritrovò al sicuro in un fitto bosco
Alicia vagaba por el bosque
Alice vagava per il bosco
Y pensó para sí misma:
E pensò tra sé:
"Sé lo que tengo que hacer primero"
"So cosa devo fare per primo"
"Primero tengo que volver a crecer hasta el tamaño adecuado"
"prima devo crescere di nuovo alla mia giusta dimensione"
"Y luego tengo que encontrar mi camino hacia ese hermoso jardín"
"e poi devo trovare la mia strada in quel bel giardino"
"Supongo que debería comer o beber una cosa u otra"
"Suppongo che dovrei mangiare o bere qualcosa o quello"
"Pero la pregunta es ¿qué debo comer o beber?"
"ma la domanda è: cosa dovrei mangiare o bere?"
Alicia miró a su alrededor las flores
Alice guardò i fiori intorno a sé
Y miró a través de las briznas de hierba
e guardò attraverso i fili d'erba
pero no podía ver nada de comer ni de beber
ma non riusciva a vedere nulla da mangiare o da bere
Nada parecía ser lo adecuado para comer o beber
niente sembrava la cosa giusta da mangiare o bere
Había un gran hongo creciendo cerca de ella
C'era un grosso fungo che cresceva vicino a lei
el hongo tenía aproximadamente la misma altura que Alicia

il fungo era all'incirca della stessa altezza di Alice
Se estiró de puntillas
Si stiracchiò in punta di piedi
Y se asomó por el borde del hongo
e sbirciò oltre il bordo del fungo
Sus ojos se encontraron inmediatamente con los ojos de una gran oruga azul
I suoi occhi incontrarono subito gli occhi di un grande bruco blu
La oruga estaba sentada en la parte superior del hongo
Il bruco era seduto sulla cima del fungo
y la oruga se había cruzado de brazos
e il bruco aveva incrociato tutte le braccia
Y estaba fumando tranquilamente una larga cachimba
e lui fumava tranquillamente un lungo narghilè
y no hizo la menor atención a nada
e non si curava minimamente di nulla
y ciertamente no le prestó atención a Alicia
e di certo non badava ad Alice

Consejos de una oruga
Il consiglio di un bruco

Por fin, la oruga se quitó la pipa de la boca
Alla fine il bruco tolse il narghilè dalla bocca
y se dirigió a Alicia con voz lánguida y soñolienta
e si rivolse ad Alice con voce languida e assonnata
—¿Quién eres? —preguntó la oruga
"Chi sei?" disse il bruco

Alicia respondió, con cierta timidez: "No lo sé, señor"
Alice rispose, piuttosto timidamente: "Lo so appena, signore"
"Justo en este momento está todo un poco..."
"Proprio al momento è tutto un po'..."
"Sé quién era cuando me levanté esta mañana"
"So chi ero quando mi sono alzato stamattina""
**"pero creo que debo haber cambiado varias veces desde
entonces"**
"ma credo di essere cambiato più volte da allora"
—¿Qué quieres decir con eso? —dijo la oruga—
«Che cosa intendi con questo?» disse il bruco
Con severidad, la oruga le pidió que se explicara

severamente il bruco le chiese di spiegarsi

—Me temo que no puedo explicarme, señor —dijo Alicia—

«Non riesco a spiegarmi, ho paura, signore» disse Alice

"porque no soy yo mismo"

"perché non sono me stesso"

"Verás, tener tantos tamaños diferentes en un día es muy confuso"

"Vedi, avere così tante taglie diverse in un giorno è molto confuso"

Se incorporó y dijo muy gravemente:

Si tirò su e disse molto seriamente:

"Creo que primero deberías decirme quién eres"

"Penso che dovresti dirmi chi sei, prima"

"¿Por qué?", dijo la oruga

«Perché?» chiese il bruco

Alicia no se le ocurría ninguna buena razón

Alice non riusciva a pensare a nessuna buona ragione

Y la oruga parecía estar en un estado de ánimo muy desagradable

e il bruco sembrava essere in uno stato d'animo molto sgradevole

Así que se dio la vuelta

Così si voltò

"¡Vuelve!", la oruga la llamó

"Torna indietro!" la chiamò il bruco

"¡Tengo algo importante que decir!"

"Ho qualcosa di importante da dire!"

Alicia se dio la vuelta y volvió otra vez

Alice si voltò e tornò di nuovo

—**Mantén la calma** —dijo la oruga—

"Mantieni la calma," disse il bruco

-¿Eso es todo? -preguntó Alicia

«È tutto?» disse Alice

Y se tragó su rabia lo mejor que pudo

e ingoiò la rabbia meglio che poté

—**No** —dijo la oruga—

«No» disse il bruco

La oruga desplegó sus brazos
Il bruco aprì le braccia
Y volvió a sacarse la pipa de la boca
E si tolse di nuovo il narghilè dalla bocca
y él dijo: "Así que Ud. piensa que Ud. ha cambiado, ¿verdad?"
E lui disse: "Quindi pensi di essere cambiato, vero?"
—Me temo, he cambiado, señor —dijo Alicia—
«Ho paura, sono cambiata, signore» disse Alice
"No puedo recordar las cosas como solía recordarlas"
"Non riesco a ricordare le cose come le ricordavo prima"
"¡Y no me quedo del mismo tamaño por más de diez minutos!"
"e non rimango della stessa taglia per più di dieci minuti!"
"¿Qué tamaño quieres tener?", preguntó la oruga
"Che taglia vuoi avere?" chiese il bruco
—Oh, no me importa especialmente el tamaño que tenga — respondió Alicia apresuradamente—
«Oh, non mi importa particolarmente di che taglia ho», rispose in fretta Alice
"Simplemente no me gusta cambiar de tamaño tan a menudo, ya sabes"
"Non mi piace cambiare taglia così spesso, sai"
"Me gustaría ser un poco más grande, señor"
"Vorrei essere un po' più grande, signore"
—Si no te importa —añadió Alicia—
«se non ti dispiace», aggiunse Alice
"Diez centímetros es una altura tan miserable para ser"
"Dieci centimetri è un'altezza così miserabile"
-¡Es una altura muy buena! -exclamó la oruga con rabia-
«È davvero un'altezza molto buona!» disse il bruco con rabbia
Y se irguió mientras hablaba
Ed egli si alzò in piedi mentre parlava
Medía exactamente diez centímetros de alto
Era alto esattamente dieci centimetri
En uno o dos minutos, la oruga bajó del hongo
In un minuto o due, il bruco scese dal fungo

Y se arrastró por la hierba
e strisciò via nell'erba
Al alejarse, hizo algunas pequeñas observaciones
Mentre se ne andava, fece alcune piccole osservazioni
"Un lado te hará crecer más alto"
"Un lato ti farà diventare più alto"
"Y el otro lado te hará acortar"
"E l'altra parte ti farà accorciare"
«¿Un lado de qué?», pensó Alicia para sí misma
«Da un lato di che cosa?» pensò Alice tra sé e sé
—¿El otro lado de qué?
"L'altro lato di cosa?"
—El costado del hongo —dijo la oruga—
"Il lato del fungo", disse il bruco
Era como si hubiera hecho su pregunta en voz alta
Era come se avesse posto la sua domanda ad alta voce
Y en otro momento, se perdió de vista
e in un attimo scomparve dalla vista
Alicia se quedó mirando pensativa el hongo
Alice rimase a guardare pensierosa il fungo
Estaba tratando de distinguir cuáles eran los dos lados del hongo
Stava cercando di capire quali fossero i due lati del fungo
Por fin, estiró los brazos alrededor de la seta
Alla fine allungò le braccia intorno al fungo
Y rompió un poco los bordes
e ha rotto un po' i bordi
"Y ahora, ¿qué lado es cuál?", se dijo a sí misma
«E ora, da che parte sta?» disse a se stessa
Y mordisqueó un poco de la parte de la mano derecha
e mordicchiò un po' del morso destro
Al momento siguiente sintió un violento golpe debajo de la barbilla
Un attimo dopo sentì un violento colpo sotto il mento
¡Su barbilla había golpeado su pie!
Il suo mento le aveva colpito il piede!
Estaba bastante asustada por este cambio tan repentino

Era molto spaventata da questo cambiamento molto
improvviso

Se estaba encogiendo muy rápidamente

si stava rimpicciolendo molto rapidamente

**Así que rápidamente se comió un poco del otro trozo de
champiñón**

Così mangiò rapidamente un po' dell'altro pezzetto di fungo

Su barbilla estaba muy presionada contra su pie

Il mento era premuto molto strettamente contro il piede

Apenas había espacio para abrir la boca

C'era a malapena spazio per aprire bocca

Pero al fin logró abrir la boca

ma alla fine riuscì ad aprire bocca

Y tragó un bocado del pedazo de la mano izquierda

e ingoiò un boccone del morso sinistro

-¡Por fin me han liberado la cabeza! -exclamó Alicia-

«Finalmente la mia testa è stata liberata!» disse Alice

Se miró a sí misma

Si guardò dall'alto in basso

**Pero todo lo que podía ver era una inmensa longitud de
cuello**

ma tutto ciò che riusciva a vedere era un'immensa lunghezza
di collo

Su cuello parecía elevarse como un tallo

Il suo collo sembrava sollevarsi come un gambo

Y miró hacia abajo sobre un mar de hojas verdes

e guardò giù su un mare di foglie verdi

—¿A dónde han llegado mis hombros?

"Dove sono finite le mie spalle?"

"Y oh, mis pobres manos, ¿cómo es que no puedo verte?"

"E oh, povere mie mani, come mai non riesco a vederti?"

Pero su cuello tenía un beneficio

Ma il suo collo aveva un vantaggio

Podía mover la cabeza en cualquier dirección

Poteva muovere la testa in qualsiasi direzione

De hecho, era como una serpiente

In effetti, era proprio come un serpente

Ella zigzagueó con gracia con la cabeza hacia abajo
Ha zigzagato con grazia la testa verso il basso
Y movió la cabeza entre los árboles
e mosse la testa tra gli alberi
Pero entonces oyó un silbido agudo
ma poi sentì un sibilo acuto
Y rápidamente echó la cabeza hacia atrás
e tirò rapidamente indietro la testa
Una gran paloma había volado hacia su cara
Un grosso piccione le era volato in faccia
y la paloma se agitó violentamente con sus alas
e il piccione era violentemente con le sue ali

-¡Serpiente! -exclamó la paloma-
"Serpente!" gridò il piccione
-¡No soy una serpiente! -exclamó Alicia indignada-
«Io non sono un serpente!» disse Alice indignata.
"¡Déjame en paz!"
"Lasciami in pace!"
"He probado las raíces de los árboles"
"Ho provato le radici degli alberi"
—Y he probado setos —prosiguió la paloma—
«E ho provato le siepi», proseguì il piccione
—¡Pero esas serpientes! ¡No hay forma de complacerlos!"
"Ma quei serpenti! Non c'è modo di accontentarli!"
Alicia estaba cada vez más desconcertada
Alice era sempre più perplessa
-Como si ya fuera bastante trabajo incubar los huevos -dijo
la paloma-
«Come se non fosse abbastanza difficile far schiudere le uova»,
disse il piccione
—¡De noche y de día también tengo que estar atento a las
serpientes!
"di notte e di giorno devo stare attento anche ai serpenti!"
"Acababa de encontrar el árbol más alto del bosque"
"Avevo appena trovato l'albero più alto della foresta"
—¿Estaría libre de serpientes aquí?
"Sicuramente sarei libero dai serpenti qui?"
"¡Y sale una serpiente del cielo!"
"E un serpente esce dal cielo!"
-¡Pero yo no soy una serpiente, te lo aseguro! -dijo Alicia-
"Ma io non sono un serpente, te lo dico!" disse Alice
"Soy un... Soy un... Soy una niña —añadió con cierta duda—
"Sono un... Sono un... Sono una bambina», aggiunse piuttosto
dubbiosa
Después de todo, había estado pasando por muchos cambios
dopotutto, aveva attraversato molti cambiamenti
—Estás buscando huevos —dijo la paloma—
"Stai cercando le uova," disse il piccione
"Lo sé con certeza"

"Lo so per certo"
—¿Y qué importa si eres una niña o una serpiente?
"E che importa se sei una bambina o un serpente?"
—A mí me importa mucho —dijo Alicia apresuradamente—
«Mi importa molto», disse Alice in fretta
"pero no estoy buscando huevos, como suele ser"
"ma non sto cercando uova, guarda caso"
"Y de todos modos no querría tus huevos"
"e non vorrei comunque le tue uova"
"No me gustan los huevos crudos"
"Non mi piacciono le mie uova crude"
-¡Pues váyase! -dijo la paloma en tono malhumorado-
«Ebbene, allora vattene!» disse il piccione in tono imbronciato
Y la paloma se instaló de nuevo en su nido
e il piccione si sistemò di nuovo nel suo nido
Alicia se agachó entre los árboles lo mejor que pudo
Alice si accovacciò tra gli alberi meglio che poté
Su cuello no dejaba de enredarse entre las ramas
il suo collo continuava a rimanere impigliato tra i rami
De vez en cuando tenía que detenerse y desenroscar el cuello
Ogni tanto doveva fermarsi e srotolare il collo
Al cabo de un rato se acordó de la seta
Dopo un po' si ricordò del fungo
Todavía sostenía los trozos de hongo en sus manos
Teneva ancora i pezzi di fungo tra le mani
Y se puso a trabajar con mucho cuidado
e si mise al lavoro con molta attenzione
Primero mordisqueó una pieza
Per prima cosa ha rosicchiato un pezzo
Y luego mordisqueó la otra pieza
e poi mordicchiò l'altro pezzo
A veces crecía
A volte diventava più alta
y a veces se acortaba
e a volte si accorciava
pero finalmente alcanzó su altura habitual
ma alla fine raggiunse la sua solita altezza

Hacía tiempo que no era de su estatura
Non era stata della sua altezza per un po' di tempo
Así que todo se sintió extraño por un tiempo
Quindi tutto è sembrato strano per un po'
"Lo siguiente que hay que hacer es entrar en ese hermoso jardín"
"La prossima cosa da fare è entrare in quel bellissimo giardino"
—¿Cómo se va a hacer eso, me pregunto?
«come si può fare, mi chiedo?»
Al decir esto, llegó a un lugar abierto
Mentre diceva questo, si imbatté in un luogo aperto
Había una casita, un poco más de un metro de altura
C'era una casetta, alta un po' più di un metro
"Me pregunto quién vive en esta casita"
"Mi chiedo chi abita in questa casetta"
"Ciertamente no puedo entrar tan grande como soy"
"Di certo non posso entrare così grande"
—¡Los asustaría terriblemente!
«Li spaventerei terribilmente!»
Así que volvió a mordisquear el pequeño champiñón
Così mordicchiò di nuovo il piccolo fungo
Y pronto bajó treinta centímetros
e presto si abbassò di trenta centimetri

Un cerdo y un poco de pimienta
Un maiale e un po' di pepe
Durante uno o dos minutos se quedó mirando la casa
Per un minuto o due rimase a guardare la casa
De repente, un lacayo salió corriendo del bosque
All'improvviso un valletto uscì di corsa dal bosco
Vestía un uniforme especial
Indossava una speciale uniforme in livrea
A juzgar solo por su rostro, ella lo habría llamado pez
A giudicare solo dal suo viso, lo avrebbe chiamato pesce
Y golpeó fuertemente la puerta con los nudillos
e bussò forte alla porta con le nocche
La puerta fue abierta por otro lacayo
La porta fu aperta da un altro cameriere
Este lacayo también llevaba una librea especial
Anche questo valletto indossava una livrea speciale
Este lacayo tenía una cara redonda y ojos grandes como los de una rana
Questo valletto aveva una faccia rotonda e grandi occhi come una rana

El lacayo, que parecía un pez, inició la ceremonia
Il cameriere che sembrava un pesce ha iniziato la cerimonia
Sacó algo de debajo de su brazo
Tirò fuori qualcosa da sotto il braccio

Y sacó de debajo del brazo un sobre
e tirò fuori da sotto il braccio una busta
Y este sobre se lo entregó al otro lacayo
e questa busta la consegnò all'altro cameriere
En tono ceremonioso le comunicó las órdenes
In tono cerimonioso gli disse gli ordini
"Este mensaje es para la duquesa"
"Questo messaggio è per la Duchessa"
"Una invitación de la reina a jugar al croquet"
"Un invito dalla regina a giocare a croquet"
El lacayo, que parecía una rana, repitió la orden
Il cameriere che sembrava una rana ripeté l'ordine
"De la Reina"
"Dalla Regina"
"Una invitación"
"un invito"
"para la duquesa"
"per la Duchessa"
"Jugar al croquet"
"Giocare a croquet"
Entonces ambos se inclinaron profundamente
Poi entrambi si inchinarono profondamente
y los rizos de sus pelucas se enredaron
e i riccioli delle loro parrucche si sono impigliati insieme
Pronto el lacayo que parecía un pez se había ido
Presto il valletto che sembrava un pesce scomparve
Pero el lacayo que parecía una rana todavía estaba allí
ma il valletto che sembrava una rana era ancora lì
Estaba sentado en el suelo, cerca de la puerta
Era seduto per terra vicino alla porta
Estaba mirando estúpidamente al cielo
Stava fissando stupidamente il cielo
Alicia se acercó tímidamente a la puerta y llamó
Alice si avvicinò timidamente alla porta e bussò
—Es inútil llamar a la puerta —dijo el lacayo—
«È inutile bussare», disse il valletto
"Y eso es por dos razones"

"E questo per due motivi"
"Primero, porque estoy del mismo lado de la puerta que tú"
"Primo, perché sono dalla tua stessa parte della porta"
**"En segundo lugar, porque están haciendo mucho ruido
dentro"**
"In secondo luogo, perché fanno così tanto rumore all'interno"
"Nadie podría escucharte"
"Nessuno potrebbe sentirti"
Y, ciertamente, había un ruido extraordinario en su interior
E certamente c'era un rumore straordinario all'interno
un aullido y estornudos constantes
un continuo ululato e starnuti
y de vez en cuando se oye un gran estruendo
e ogni tanto un rumore di grande schianto
como si un plato o una tetera se hubieran roto en pedazos
come se un piatto o un bollitore fossero stati fatti a pezzi
-¿Cómo voy a entrar? -preguntó Alicia
«Come posso entrare?» chiese Alice
—¿Deberías entrar? —dijo el lacayo—
«Dovresti entrare?» disse il cameriere
"Esa es la primera pregunta, ya sabes"
"Questa è la prima domanda, sai"
Alicia abrió la puerta y entró
Alice aprì la porta ed entrò
La puerta conducía directamente a una gran cocina
La porta conduceva direttamente in una grande cucina
La cocina estaba llena de humo de un extremo a otro
La cucina era piena di fumo da un'estremità all'altra
en medio de la cocina estaba la duquesa
al centro della cucina c'era la duchessa
Estaba sentada en un taburete de tres patas
Era seduta su uno sgabello a tre gambe
Y ella estaba amamantando a un bebé
e stava allattando un bambino
El cocinero estaba inclinado sobre el fuego
Il cuoco era chino sul fuoco
Estaba removiendo un gran caldero

Stava mescolando un grande calderone
y el caldero parecía estar lleno de sopa
e il calderone sembrava pieno di zuppa
"¡Ciertamente hay demasiada pimienta en esa sopa!" —se dijo Alicia
"C'è sicuramente troppo pepe in quella zuppa!" Alice si disse
Lo dijo lo mejor que pudo, sin estornudar
Lo disse meglio che poté senza starnutire
Incluso la duquesa estornudaba de vez en cuando
Anche la duchessa starnutiva di tanto in tanto
Pero las acciones del bebé fueron las más notables
Ma le azioni del bambino erano le più degne di nota
El bebé estornudaba y aullaba alternativamente
Il bambino starnutiva e ululava alternativamente
No hubo un momento de pausa entre aullidos y estornudos
Non c'era un attimo di pausa tra l'ululato e lo starnuto
Había dos criaturas en la cocina que no estornudaban
C'erano due creature in cucina che non starnutivano
El cocinero estaba demasiado ocupado para estornudar
Il cuoco era troppo occupato per starnutire
Y al gran gato no pareció importarle el pimiento
e il grosso gatto non sembrava preoccuparsi del pepe
En cambio, el gran gato sonreía de oreja a oreja
Invece, il grosso gatto sorrideva da un orecchio all'altro
-Por favor, ¿podría decírmelo -dijo Alicia, un poco tímidamente-
«Ti prego, me lo dica», disse Alice, un po' timidamente
"¿Por qué tu gato sonríe así?"
"Perché il tuo gatto sorride così?"
-Es un gato de Cheshire -dijo la duquesa-
«È un Cheshire-Cat» disse la duchessa
"Y por eso está sonriendo de oreja a oreja"
"Ed è per questo che sorride da un orecchio all'altro"
"No sabía que un gato de Cheshire siempre sonreía"
"Non sapevo che uno Stregatto sorrideva sempre"
—De hecho, no sabía que los gatos podían sonreír —dijo Alicia—

"in effetti, non sapevo che i gatti potessero sorridere", ha detto Alice

-Hay muchas cosas que no sabes -dijo la duquesa-

«C'è molto che non sai», disse la duchessa

"Hay muchas cosas que no sabes y eso es un hecho"

"C'è molto che non sai e questo è un dato di fatto"

En ese momento, el cocinero retiró el caldero de sopa del fuego

Proprio in quel momento il cuoco tolse dal fuoco il calderone di zuppa

Y en seguida se puso a tirar todo lo que estaba a su alcance

e subito cominciò a gettare tutto ciò che aveva a portata di mano

arrojó todo lo que pudo a la duquesa y al bebé

gettò tutto quello che poté contro la duchessa e il bambino

Primero arrojó los hierros de fuego

Per prima cosa lanciò i ferri da fuoco

Luego tiró un puñado de cacerolas

Poi ha lanciato una manciata di pentole

y finalmente tiró los platos y las fuentes

e alla fine gettò i piatti e le stoviglie

La duquesa no le hizo caso

La duchessa non si curò di lei

Incluso cuando fue golpeada por un plato, no se preocupó

Anche quando è stata colpita da un piatto non si è preoccupata

El bebé ya estaba aullando tanto

Il bambino stava già ululando così tanto

Así que era imposible decir si los golpes lastimaban al bebé o no

Quindi era impossibile dire se i colpi avessero ferito o meno il bambino

—¡Oh, por favor, ten cuidado con lo que estás haciendo! — exclamó Alicia—

«Oh, ti prego, bada a quello che fai!» esclamò Alice

Y saltaba de un lado a otro en una agonía de terror

e saltava su e giù in un'agonia di terrore

la duquesa le ofreció a Alicia el bebé
la duchessa offrì ad Alice il bambino
"¡Aquí! ¡Puedes amamantar un poco al bebé, si quieres!"
"Ecco! Puoi allattare un po' il bambino, se vuoi!"
Y le arrojó al bebé mientras hablaba
e le gettò addosso il bambino mentre parlava
"Tengo que ir a prepararme para jugar al croquet con la reina"
"Devo andare a prepararmi a giocare a croquet con la regina"
Y se apresuró a salir de la habitación
e si affrettò a uscire dalla stanza
Alicia atrapó al bebé con cierta dificultad
Alice afferrò il bambino con qualche difficoltà
porque era una criatura de forma muy extraña
perché era una piccola creatura dalla forma molto strana
Y el bebé extendió los brazos y las piernas en todas direcciones
e il bambino tese le braccia e le gambe in tutte le direzioni
«Será mejor que me lleve a este niño conmigo», pensó Alicia
"È meglio che porti via con me questo bambino", pensò Alice
"Seguro que matarán a este bebé en uno o dos días"
"Di sicuro uccideranno questo bambino in un giorno o due"
—¿No sería un asesinato dejar atrás a este bebé?
«Non sarebbe un omicidio lasciare indietro questo bambino?»
Dijo las últimas palabras en voz alta
Ha detto le ultime parole ad alta voce
Y la cosita gruñó en respuesta
e la piccola cosa grugnì in risposta
—Será mejor que no te conviertas en un cerdo, querida — dijo Alicia—
"È meglio che tu non ti trasformi in un maiale, mia cara," disse Alice
"o de lo contrario no tendré nada más que ver contigo"
"altrimenti non avrò più niente a che fare con te"
Alicia empezaba a pensar para sí misma:
Alice stava appena cominciando a pensare tra sé e sé:
"Ahora, ¿qué voy a hacer con esta criatura cuando la lleve a

casa?"
«Ora, che cosa devo fare con questa creatura, quando la riporto a casa?»
Pero entonces la pequeña criatura gruñó un poco violentamente
ma poi la piccola creatura grugnì un po' violentemente
y Alicia lo miró a la cara con cierta alarma
e Alice lo guardò in viso con un certo allarme
Esta vez no podía haber error al respecto
Questa volta non ci poteva essere alcun errore
No era ni más ni menos que un cerdo
non era né più né meno di un maiale
Así que dejó a la pequeña criatura en el suelo
Così fece posare la piccola creatura
y la pequeña criatura se aleja trotando tranquilamente hacia el bosque
e la piccola creatura trotterellò silenziosamente nel bosco
Alicia se sintió bastante aliviada al ver que la criatura se iba
Alice si sentì piuttosto sollevata nel vedere la creatura andarsene
Alicia se sobresaltó un poco al ver al Gato de Cheshire
Alice fu un po' sorpresa nel vedere lo Stregatto
Estaba sentado en la rama de un árbol a pocos metros de distancia
Era seduto su un ramo di un albero a pochi metri di distanza
El gato solo sonrió cuando la vio
Il gatto sorrise solo quando la vide
—Gato de Cheshire —empezó Alicia, bastante tímidamente—
«Gatto del Cheshire», cominciò Alice, piuttosto timidamente
—¿Podría decirme, por favor, qué camino debo tomar desde aquí?
«potrebbe dirmi per favore da che parte devo andare da qui?»
—En esa dirección —dijo el gato—
"In quella direzione", disse il gatto
Y agitó la pata derecha
e agitò la zampa destra

"En esa dirección vive un fabricante de sombreros"
"In quella direzione vive un fabbricante di cappelli"
Y entonces el gato agitó su otra pata
e poi il gatto agitò l'altra zampa
"Y en esa dirección vive una liebre de marzo"
"E in quella direzione vive una lepre marzolina"
"Visita a cualquiera de los que quieras; los dos están locos"
"Visita o vuoi; Sono entrambi pazzi"
—Pero yo no quiero andar entre locos —comentó Alicia—
«Ma io non voglio andare in mezzo ai matti», osservò Alice
—Oh, no puedes evitarlo —dijo el Gato—
«Oh, non puoi farci niente» disse il Gatto
"Aquí estamos todos locos"
"Siamo tutti pazzi qui"
"¿Vas a jugar al croquet con la reina hoy?"
"Stai giocando a croquet con la regina oggi?"
—Me gustaría mucho —dijo Alicia—
«Mi piacerebbe molto», disse Alice
"pero todavía no me han invitado"
"ma non sono ancora stato invitato"
—Allí me verás —dijo el Gato—
"Mi vedrai lì," disse il Gatto
Y de un momento a otro el gato desapareció
e da un momento all'altro il gatto scomparve
pronto Alicia llegó a la vista de la casa de la liebre de marzo
ben presto Alice giunse in vista della casa della lepre
marzolina
Era una casa muy grande
Questa era una casa molto grande
así que Alicia no quiso acercarse a la casa
così Alice non volle avvicinarsi alla casa
**Primero tuvo que mordisquear un poco más del trozo de
champiñón del lado izquierdo**
Per prima cosa dovette rosicchiare ancora un po' del pezzo di
fungo sul lato sinistro

Una fiesta de té loca
un pazzo tea party
Delante de la casa había un árbol
Davanti alla casa c'era un albero
y debajo del árbol había una mesa
e sotto l'albero c'era un tavolo
y la mesa estaba puesta con toda clase de cubiertos
e la tavola era apparecchiata con ogni sorta di posate
La Liebre de Marzo y el Sombrerero estaban sentados a la mesa
La lepre marzolina e il cappellaio erano a tavola
y juntos estaban tomando el té
e insieme prendevano il tè
Un lirón estaba sentado entre ellos
Un ghiro era seduto tra di loro
y el lirón se durmió profundamente
e il ghiro si addormentò profondamente
La mesa era de un tamaño extraordinario
Il tavolo era di dimensioni straordinarie
Pero la mayor parte de la mesa estaba desocupada
ma la maggior parte del tavolo era vuota
Se sentaron apiñados en una esquina de la mesa
sedevano ammassati insieme in un angolo del tavolo
y, sin embargo, se excusaban cuando veían a Alicia
eppure si scusarono quando videro Alice
"¡No hay espacio! ¡No hay lugar!", gritaron
"Non c'è posto! Non c'è posto!" gridarono
-¡Hay sitio de sobra! -exclamó Alicia indignada-
«C'è un sacco di posto!» disse Alice indignata
En un extremo de la mesa había un gran sillón
A un'estremità del tavolo c'era una grande poltrona
y Alicia se sentó en el sillón
e Alice si sedette in poltrona
El sombrerero abrió mucho los ojos
Il cappellaio spalancò gli occhi
No podía creer lo que estaba viendo
Non riusciva a credere a quello che stava vedendo

Pero su mente tenía curiosidad por otras cosas

ma la sua mente era curiosa di altre cose

—¿Por qué un cuervo es como un escritorio?

"Perché un corvo è come uno scrittoio?"

Alicia estaba abierta al reto

Alice era aperta alla sfida

"Me alegro de que hayan empezado a hacer adivinanzas"

"Sono contento che abbiano iniziato a fare indovinelli"

—Creo que puedo adivinarlo —añadió en voz alta—

«Credo di poterlo indovinare», aggiunse ad alta voce

La liebre de marzo sintió curiosidad por Alicia

La lepre marzolina si incuriosì di Alice

"¿De verdad crees que puedes encontrar la respuesta?"

"Pensi davvero di poter trovare la risposta?"

—Creo que puedo encontrar la respuesta —dijo Alicia—

«Credo di poter trovare la risposta», disse Alice

—Entonces deberías decir lo que quieres decir —prosiguió la liebre de la marcha—

«Allora dovresti dire quello che intendi», proseguì la lepre in marcia

—Digo lo que quiero decir —respondió Alicia apresuradamente—

«Dico quello che intendo», rispose in fretta Alice

"por lo menos quiero decir lo que digo"

"per lo meno intendo quello che dico"

"Es lo mismo, ¿sabes?"

"È la stessa cosa, sai"

El lirón también contribuyó a la conversación

Anche il ghiro ha contribuito alla conversazione

Pero el lirón parecía estar hablando en sueños

ma il ghiro sembrava parlare nel sonno

"Respiro cuando duermo"

"Respiro quando dormo"

"¡Duermo cuando respiro!"

"Dormo quando respiro!"

"Bien podría decirse que también son lo mismo"

"Si potrebbe anche dire che sono uguali"

-A ti te pasa lo mismo -dijo el sombrerero-
"È la stessa cosa per te," disse il cappellaio
Y echó un poco de té en la nariz del lirón
e versò un po' di tè sul naso del ghiro
El Lirón sacudió la cabeza con impaciencia
Il Ghiro scosse la testa con impazienza
Y volvió a hablar el Lirón, sin abrir los ojos
e di nuovo il ghiro parlò, senza aprire gli occhi
"Por supuesto, por supuesto que es lo mismo"
"Certo, certo che è lo stesso"
"eso es justo lo que iba a decir yo mismo"
"è proprio quello che stavo per dire io stesso"

El sombrerero se volvió hacia Alicia y le hizo otra pregunta

Il cappellaio si rivolse ad Alice e fece un'altra domanda

—¿Ya has adivinado el enigma?

"Hai già indovinato l'indovinello?"

—No, me rindo —concedió Alicia—

«No, mi arrendo» concesse Alice

"¿Cuál es la respuesta?", quiso saber

"Qual è la risposta?" voleva sapere

—No tengo la menor idea —dijo el sombrerero—

«Non ne ho la minima idea», disse il cappellaio

-Ni yo lo sé -dijo la liebre-

«Né lo so», disse la lepre in marcia

Alicia dio un suspiro de cansancio

Alice emise un sospiro stanco

"Hay mejores usos del tiempo que los enigmas sin respuestas"

"Ci sono usi migliori del tempo che indovinelli senza risposte"

-¡Toma un poco más de té! -dijo la liebre a Alicia, muy seriamente-

«Prendi ancora un po' di tè», disse la lepre marzolina ad Alice, molto seriamente

Alicia se sintió bastante ofendida por la oferta

Alice era piuttosto offesa dall'offerta

—Todavía no he tomado el té —respondió Alicia—

«Non ho ancora preso il tè», rispose Alice

"por lo tanto, no puedo tomar más té"

"quindi non posso più prendere il tè"

—Quieres decir que no puedes tomar menos té —dijo el sombrerero—

«Vuoi dire che non puoi bere meno tè» disse il fabbricante di cappelli

"Es muy fácil llevarse más que nada"

"È molto facile prendere più di niente"

Al oír esto, Alicia se levantó y se marchó

A questo punto, Alice si alzò e se ne andò

El lirón se durmió al instante

Il ghiro si addormentò all'istante

y ninguno de los otros hizo la menor atención de que ella se fuera

e nessuno degli altri si accorse minimamente della sua partenza

aunque miró hacia atrás una o dos veces

anche se si guardò indietro una o due volte

Intentaban meter el lirón en la tetera

Cercavano di mettere il ghiro nella teiera

-De todos modos, ¡no volveré a ir allí! -dijo Alicia-

«In ogni caso, non ci tornerò mai più!» disse Alice

Y ella caminó su camino a través del bosque

e si fece strada attraverso il bosco

"Esa fue la fiesta del té más estúpida a la que he ido en mi vida"

"quello è stato il tea party più stupido a cui abbia mai partecipato"

Justo cuando dijo esto, notó algo

Proprio mentre diceva questo, notò qualcosa

Uno de los árboles tenía una puerta que daba directamente a él

Uno degli alberi aveva una porta che vi conduceva proprio

"¡Eso es muy interesante!", pensó

"È molto interessante!" pensò

"Creo que es mejor que pase por la puerta"

"Penso che potrei anche passare attraverso la porta"

Y entró por la puerta

E attraversò la porta

Una vez más se encontró en el largo pasillo

Ancora una volta si ritrovò nel lungo corridoio

De nuevo estaba cerca de la mesita de cristal

Di nuovo era vicina al tavolino di vetro

Ella tomó la pequeña llave de oro

Prese la piccola chiave d'oro

Y abrió la puerta que daba al jardín

e aprì la porta che conduceva nel giardino

Luego se puso manos a la obra mordisqueando el hongo

Poi si mise al lavoro rosicchiando il fungo

Había guardado un trozo de la seta en el bolsillo
Aveva tenuto in tasca un pezzo del fungo
Y, por último, medía alrededor de un metro de altura
e infine era alta circa un metro
Luego caminó por el pequeño pasillo
Poi camminò lungo il piccolo corridoio
Y entonces finalmente se encontró en el hermoso jardín
e poi finalmente si ritrovò nel bellissimo giardino
y ella estaba entre la flor brillante y las fuentes frescas
e lei era tra i fiori luminosi e le fresche fontane

El campo de croquet de la reina

Il campo da croquet della regina

Un gran rosal se alzaba cerca de la entrada del jardín

Un grande albero di rose si trovava vicino all'ingresso del giardino

Las rosas que crecían en el árbol eran blancas

le rose che crescevano sull'albero erano bianche

Pero había tres jardineros pintando la rosa

Ma c'erano tre giardinieri che dipingevano la rosa

Estaban ocupados pintando las rosas de rojo

Stavano dipingendo le rose di rosso

y Alicia los miraba pintar las rosas de rojo

e Alice li guardava dipingere le rose di rosso

y de repente sus ojos se posaron por casualidad en Alicia

e all'improvviso i loro occhi caddero su Alice

Alicia habló un poco tímidamente

Alice parlò un po' timidamente

—¿Podría decírmelo, por favor?

"Me lo direbbe, per favore";

"¿Por qué están pintando todas esas rosas?"

"Perché state dipingendo tutte quelle rose?"

Cinco y siete no dijeron nada, pero miraron a dos

Cinque e Sette non dissero nulla, ma guardarono due

Dos hablaron, en voz baja

due parlarono, a bassa voce

"Vaya, el hecho es que ya lo ve, señora"

«Perché, il fatto è, vedete, signora»

"Esto de aquí debería haber sido un rosal rojo"

"Questo qui avrebbe dovuto essere un albero di rose rosse"

"Y pusimos un rosal blanco por error"

"E abbiamo messo un albero di rose bianche per sbaglio"

"Como estarás de acuerdo, la Reina no debe enterarse"

"Come converrete, la regina non deve scoprirlo"

"De lo contrario, nos cortarían la cabeza a todos"

"altrimenti ci taglierebbero tutti la testa"

"Así que ya ve, señora, estamos haciendo lo mejor que podemos"

"Vedete, signora, stiamo facendo del nostro meglio"
La Carta Cinco había estado mirando ansiosamente a través del jardín
La quinta carta aveva guardato ansiosamente attraverso il giardino
En ese momento, la carta cinco gritó: "¡La reina! ¡La reina!"
In quel momento la carta cinque gridò: "La regina! La regina!"
Y los tres jardineros se escabulleron al instante
e i tre giardinieri si affrettarono subito ad andarsene
Y se arrojaron de bruces
e si gettarono con la faccia a terra
Se oyó el sonido de muchos pasos
Ci fu il suono di molti passi
Alicia miró a su alrededor, ansiosa por ver a la reina
Alice si guardò intorno, ansiosa di vedere la regina
Al comienzo de la procesión había diez soldados
All'inizio del corteo c'erano dieci soldati
Sus manos y pies estaban en las esquinas
le loro mani e i loro piedi erano negli angoli
y en sus manos y pies había garrotes
e nelle loro mani e nei loro piedi c'erano dei bastoni
Luego vinieron los diez cortesanos
Poi vennero i dieci cortigiani
Los cortesanos estaban adornados con diamantes
I cortigiani erano tutti ornati di diamanti
Después de los cortesanos venían los hijos reales
Dopo i cortigiani vennero i figli reali
Eran diez los hijos de la realeza
C'erano dieci dei figli reali
y todos los niños reales estaban adornados con corazones
e tutti i bambini reali erano ornati di cuori
Luego vinieron los invitados; en su mayoría reyes y reinas
Poi vennero gli ospiti; per lo più re e regine
y entre los reyes y la reina, Alicia vio a alguien
e tra i re e la regina Alice vide qualcuno
Volvió a ver al conejo blanco que había perseguido
Vide di nuovo il coniglio bianco che aveva inseguito

La procesión fue seguida por la sota de los corazones
Il corteo era seguito dal fante di cuori
Llevaba la corona del rey
Portava la corona del re
y la corona del rey estaba sobre un cojín de terciopelo carmesí
e la corona del re era su un cuscino di velluto cremisi
Y entonces llegó el final de esta gran procesión
E poi venne la fine di questa grande processione
Y allí, al final, estaban el Rey y la Reina de Corazones
E alla fine c'erano il re e la regina di cuori
la procesión venía frente a Alicia
il corteo giunse di fronte ad Alice
Y todos se detuvieron y la miraron
e tutti si fermarono a guardarla
Y la reina dijo severamente: "¿Quién es éste?"
e la regina disse severamente: "Chi è costui?"
Se lo dijo a la Sota de Corazones
Lo disse al Fante di Cuori
Pero él se limitó a hacer una reverencia y a sonreír en respuesta
ma lui si inchinò e sorrise in risposta
Alicia habló muy cortésmente
Alice parlò molto cortesemente
"Mi nombre es Alicia, así que por favor, su majestad"
"Mi chiamo Alice, quindi per favore vostra maestà"
Pero ella tenía otros pensamientos para sí misma
ma aveva altri pensieri per sé
"¡Después de todo, son solo un mazo de cartas!"
«Sono solo un mazzo di carte, dopotutto!»
"¿Sabes jugar al croquet?", gritó la reina
"Sai giocare a croquet?" gridò la regina
Era evidente que la pregunta iba dirigida a Alicia
La domanda era evidentemente rivolta ad Alice
-¡Sí! -dijo Alicia en voz alta-
«Sì!» disse Alice ad alta voce
—¡Ven a jugar! —rugió la reina—

"Vieni a giocare allora!" ruggì la regina
una voz tímida le habló a Alicia
una voce timida parlò ad Alice
"¡Es un día muy hermoso!"
"È una giornata molto bella!"
Caminaba junto al conejo blanco
Stava camminando accanto al coniglio bianco
y el Conejo Blanco la miraba ansiosamente a la cara
e il Bianconiglio le sbirciava ansiosamente in faccia
—Un día muy bueno —confirmó Alicia—
«Davvero una bella giornata», confermò Alice
—¿Dónde está la duquesa?
"Dov'è la duchessa?"
"¡Silencio! ¡Silencio!", dijo el Conejo
"Zitto! Zitto!" disse il Coniglio
"Está condenada a muerte"
"È condannata a morte"
—¿Por qué la ejecutan? —preguntó Alicia
«Per che motivo è stata giustiziata?» chiese Alice
**—Le ha rayado las orejas a la reina —empezó a decir el
conejo—**
«Ha graffiato le orecchie della regina», cominciò il coniglio
—gritó la Reina con voz de trueno—
La regina gridò con voce di tuono
"¡Vayan a sus lugares!"
"Raggiungi i tuoi posti!"
Y la gente empezó a correr en todas direcciones
e la gente cominciò a correre in tutte le direzioni
y todos tropezaron unos con otros
e tutti caddero l'uno contro l'altro
Sin embargo, se calmaron en uno o dos minutos
Tuttavia, si sono sistemati in un minuto o due
Y entonces comenzó el juego
e poi è iniziato il gioco
Alicia nunca había visto un campo de croquet tan curioso
Alice non aveva mai visto un campo da croquet così curioso
La hierba era todo crestas y surcos

l'erba era tutta creste e solchi
Las bolas de croquet eran erizos de verdad
Le palle da croquet erano dei veri ricci
y los mazos eran flamencos de verdad
e le mazzuole erano dei veri fenicotteri
Y los soldados se pusieron de pie sobre sus manos y sus pies
e i soldati si alzarono in piedi sulle mani e sui piedi
porque los arcos estaban hechos de sus cuerpos
perché gli archi sono stati fatti dai loro corpi
Todos los jugadores jugaron a la vez
I giocatori hanno giocato tutti contemporaneamente
Nadie esperó su turno
Nessuno aspettava il proprio turno
y todos se peleaban con todos
e tutti litigavano con tutti
y todos luchaban por los erizos
e tutti combattevano per i ricci
Pronto la reina se vio presa de una furiosa pasión
Ben presto la regina si arrabbiò furiosamente
Y empezó a patalear y a gritar
e si mise a pestare i piedi e a gridare
"¡Córtale la cabeza!"
"Tagliategli la testa!"
"¡Córtale la cabeza!"
"Tagliatele la testa!"
"¡Córtale la cabeza a todos!"
"Tagliate loro tutte le teste!"
De nuevo Alicia pensó para sí misma
Di nuovo Alice pensò tra sé e sé
"Son terriblemente aficionados a decapitar a la gente aquí"
"A loro piace terribilmente decapitare le persone qui"
"¡La gran maravilla es que quede alguien vivo!"
"La grande meraviglia è che c'è qualcuno rimasto in vita!"
Buscaba alguna vía de escape
Stava cercando una via di fuga
Notó una curiosa apariencia en el aire
notò una strana apparizione nell'aria

«Es el gato de Cheshire», se dijo a sí misma
«È il gatto del Cheshire», disse a se stessa
"Ahora tendré a alguien con quien hablar"
"ora avrò qualcuno con cui parlare"
—¿Cómo te va? —preguntó el gato
"Come stai?" disse il gatto
—No creo que jueguen nada limpio —dijo Alicia—
«Non credo che giochino affatto in modo corretto», disse Alice
Y tenía un tono bastante quejumbroso
e aveva un tono piuttosto lamentoso
"Todos se pelean tan terriblemente"
"Litigano tutti in modo così terribile"
"Uno no se oye hablar"
"Non ci si sente parlare"
"Y no parecen jugar con ninguna regla"
"E sembra che non giochino secondo nessuna regola"
el gato le hizo una pregunta a Alicia en voz baja
il gatto fece una domanda ad Alice a bassa voce
—¿Qué te parece la reina?
"Ti piace la regina?"
—No me gusta nada —dijo Alicia—
«Non mi piace affatto», disse Alice

Alicia pensó que sería mejor que volviera
Alice pensò che avrebbe potuto anche tornare indietro
Quería ver cómo iba el partido
Voleva vedere come stava andando il gioco
Se fue en busca de su erizo
Andò in cerca del suo riccio
El erizo estaba ocupado luchando contra otro erizo
Il riccio era impegnato a combattere un altro riccio
Esta fue una excelente oportunidad
Questa è stata un'ottima opportunità
Podía hacer croquet a un erizo con el otro
Poteva fare il croquet con un riccio con l'altro
Pero su flamenco estaba al otro lado del jardín
ma il suo fenicottero era dall'altra parte del giardino
El flamenco era bastante torpe
Il fenicottero era piuttosto goffo
Su flamenco intentaba volar hacia un árbol
Il suo fenicottero stava cercando di volare su un albero
Atrapó al flamenco por la pierna
Ha afferrato il fenicottero per una gamba
Y guardó el flamenco bajo el brazo
e si mise il fenicottero sotto il braccio
De esa manera, el flamenco no pudo escapar de nuevo
In questo modo il fenicottero non poteva scappare di nuovo
Justo en ese momento Alicia se encontró con la duquesa
Proprio in quel momento Alice incontrò la duchessa
La duquesa ya había salido de la cárcel
La duchessa era ora fuori di prigione
Metió cariñosamente su brazo bajo el brazo de Alicia
Infilò affettuosamente il braccio sotto il braccio di Alice
Y luego se fueron juntos
e poi se ne andarono insieme
Alicia se alegró mucho de encontrarla de tan buen humor
Alice fu molto contenta di trovarla di così piacevole umore
Sin embargo, estaba un poco asustada
Era un po' spaventata, però

Oyó la voz de la duquesa cerca de su oído
Sentì la voce della duchessa vicino al suo orecchio
"Estás pensando en algo, querida"
"Stai pensando a qualcosa, mia cara"
"Y eso hace que te olvides de hablar"
"E questo ti fa dimenticare di parlare"
—El juego va bastante mejor ahora —dijo Alicia—
«Il gioco sta andando un po' meglio ora», disse Alice
Era una forma de mantener la conversación
Era un modo per mantenere viva la conversazione
-Así es -dijo la duquesa-
"È proprio così," disse la duchessa
"Y la moraleja de eso es esta:"
"E la morale di questo è questa:"
"¡Es el amor el que lo hace todo!"
"È l'amore che fa tutto!"
"El amor es lo que hace que el mundo gire"
"L'amore è ciò che fa girare il mondo"
Alicia tenía otra explicación
Alice aveva un'altra spiegazione
"¡Lo hace todo el mundo ocupándose de sus propios asuntos!"
"È fatto da ognuno che si fa gli affari suoi!"
—¡Ah, bueno! Podrías tener razón"
«Ah, bene! Potresti avere ragione"
-Todo significa lo mismo -dijo la duquesa-
«Significa tutto più o meno la stessa cosa», disse la duchessa
y hundió su afilada barbilla en el hombro de Alicia
e affondò il suo piccolo mento affilato nella spalla di Alice
"Y la moraleja de eso es esta"
"E la morale di questo è questa"
"Cuida el sentido"
"Prenditi cura dei sensi"
"Y entonces los sonidos se encargarán de sí mismos"
"E poi i suoni si prenderanno cura di se stessi"
Pero entonces el brazo de la duquesa empezó a temblar
Ma poi il braccio della duchessa cominciò a tremare

Alicia alzó la vista y allí estaba la reina

Alice alzò lo sguardo e lì c'era la regina

La reina tenía los brazos cruzados

La regina aveva le braccia conserte

¡Y ella fruncía el ceño como una tormenta eléctrica!

e lei aggrottava le sopracciglia come un temporale!

—Te advierto —gritó la reina—

«Vi avverto», gridò la regina

Y pisoteó el suelo mientras hablaba

e calpestò il terreno mentre parlava

"O tu cabeza o la suya deben estar cortadas"

"O la tua testa o la sua testa deve essere staccata"

"¡Toma tu decisión!"

"Fai la tua scelta!"

"Y ser rápido al respecto"

"E fai in fretta"

La duquesa hizo su elección

La duchessa fece la sua scelta

Y al cabo de un instante la duquesa se fue

e in un attimo la duchessa se ne andò

Entonces la reina le habló a Alicia

Allora la regina parlò ad Alice

"Sigamos con el juego"

"Andiamo avanti con il gioco"

Alicia estaba demasiado asustada para decir una palabra

Alice era troppo spaventata per dire una parola

Y la siguió lentamente hasta el campo de croquet

e la seguì lentamente fino al campo da croquet

Todo el tiempo la Reina se peleó con los otros jugadores

Per tutto il tempo la regina litigava con gli altri giocatori

"¡Córtale la cabeza!"

"Tagliategli la testa!"

"¡Córtale la cabeza!"

"Tagliatele la testa!"

"¡Córtale la cabeza a todos!"

"Tagliate loro tutte le teste!"

Pronto todos los jugadores estaban bajo custodia

Presto tutti i giocatori furono arrestati
solo quedaron el rey, la reina y Alicia
rimasero solo il re, la regina e Alice
Entonces la reina se marchó, casi sin aliento
Poi la regina se ne andò, senza fiato
y se fue con Alicia
e se ne andò con Alice
Alicia oyó que el rey decía algo en voz baja
Alice sentì il re dire qualcosa a bassa voce
"Estáis todos perdonados"
"Siete tutti perdonati"
Pero de repente se oyó otro grito
ma all'improvviso si udì un altro grido
"¡El juicio está comenzando!"
"Il processo sta iniziando!"
y Alicia corrió con los demás
e Alice corse insieme agli altri

¿Quién robó las tartas?
Chi ha rubato le crostate?

El rey y la reina de corazones estaban sentados
Il re e la regina di cuori erano seduti
estaban en su trono cuando llegó Alicia
erano sul loro trono quando arrivò Alice
Había una gran multitud reunida a su alrededor
C'era una grande folla radunata intorno a loro
Había todo tipo de pajaritos y bestias
C'erano tutti i tipi di uccellini e bestie
Y allí estaba toda la baraja de cartas
E c'era tutto il mazzo di carte
La sota estaba de pie frente a ellos, encadenada
Il furfante era in piedi di fronte a loro, in catene
y había un soldado a cada lado para custodiarlo
e c'era un soldato da ogni parte a sorvegliarlo
cerca del Rey estaba el conejo blanco
vicino al Re c'era il coniglio bianco
Tenía una trompeta en una mano
Aveva una tromba in una mano
y tenía un rollo de pergamino en la otra mano
e nell'altra mano aveva un rotolo di pergamena
En el centro del patio había una mesa
Al centro del cortile c'era un tavolo
Sobre la mesa había un gran plato de tartas
Sul tavolo c'era un grande piatto di crostate
«Ojalá hicieran el juicio», pensó Alicia
«Vorrei che facessero il processo», pensò Alice
—¡Entonces podríamos comer algunos de esos refrescos!
"Allora potremmo mangiare un po' di quei rinfreschi!"

El juez, por cierto, era el rey
Il giudice, tra l'altro, era il re
y llevaba su corona sobre su gran peluca
e portava la sua corona sopra la sua grande parrucca
«Ésa es la tribuna del jurado», pensó Alicia
«Quella è la cassetta della giuria», pensò Alice
"Y esas doce criaturas, supongo que son los miembros del jurado"
"e quelle dodici creature, suppongo che siano i giurati"
algunos eran animales y otros eran pájaros
alcuni erano animali e altri erano uccelli
En ese momento el conejo blanco gritó
Proprio in quel momento il coniglio bianco gridò
"¡Silencio en la corte!"
"Silenzio in tribunale!"

"¡Heraldo, lee la acusación!", dijo el rey

"Araldo, leggi l'accusa!" disse il re

El Conejo Blanco tocó tres veces la trompeta

Il Bianconiglio suonò tre squilli di tromba

Luego desenrolló el rollo de pergamino

poi srotolò il rotolo di pergamena

Y leyó lo siguiente:

e lesse quanto segue:

"La reina de corazones, hizo unas tartas"

"La regina di cuori, ha fatto delle crostate,"

"Todo esto lo hizo en un día de verano"

"Tutto questo lo ha fatto in un giorno d'estate"

"La sota de los corazones, robó esas tartas"

"Il furfante di cuori, ha rubato quelle crostate"

—¡Y se llevó esas tartas muy lejos!

"E ha portato quelle crostate lontano!"

—Llama al primer testigo —dijo el rey—

"Chiama il primo testimone," disse il re

y el conejo blanco tocó tres veces la trompeta

E il Bianconiglio suonò tre squilli di tromba

"¡Traigan al primer testigo!", gritó

«Portate il primo testimone!» gridò

El primer testigo fue el sombrerero

Il primo testimone fu il cappellaio

Entró con una taza de té en una mano

Entrò con una tazza da tè in una mano

Y tenía un pedazo de pan con mantequilla en la otra mano

e aveva un pezzo di pane e burro nell'altra mano

—Tendrías que haber terminado —dijo el rey—

"Avresti dovuto finire," disse il Re

—¿Cuándo empezaste?

«Quando hai cominciato?»

El sombrerero miró a la liebre de marcha

Il fabbricante di cappelli guardò la lepre in marcia

La Liebre de Marzo lo había seguido hasta el patio

La lepre in marcia lo aveva seguito nel cortile

Había caminado del brazo del lirón

aveva camminato a braccetto con il ghiro

—El catorce de marzo, creo que fue —dijo—

«Il quattordici marzo, credo», disse

—Da tu testimonio —dijo el rey—

"Fornisci la tua testimonianza", disse il re

"Y no te pongas nervioso, o te haré ejecutar en el acto"

"e non essere nervoso, o ti farò giustiziare sul posto"

Esto no pareció animar en absoluto al testigo

Questo non sembrava incoraggiare affatto il testimone

Seguía moviéndose de un pie al otro

continuava a spostarsi da un piede all'altro

Y miró inquieto a la reina

E guardò inquieto la regina

Y, en su confusión, mordió un gran trozo de su taza de té

e, nella sua confusione, morse un grosso pezzo dalla sua tazza
da tè

**En realidad, tenía la intención de morder de su pan y
mantequilla**

Davvero voleva mordere dal suo pane e burro

**Justo en ese momento, Alicia sintió una sensación muy
curiosa**

Proprio in quel momento Alice provò una sensazione molto
curiosa

Empezaba a crecer de nuevo

stava cominciando a diventare di nuovo più grande

Al miserable sombrerero se le cayó la taza de té

Il miserabile cappellaio lasciò cadere la tazza da tè

y el pan y la mantequilla cayeron al suelo

e il pane e il burro caddero a terra

Y cayó sobre una rodilla

e cadde in ginocchio

—Soy un pobre hombre, majestad —comenzó—

«Sono un pover'uomo, vostra maestà», cominciò

—Eres un orador muy malo —dijo el rey—

«Sei un pessimo oratore», disse il re

—Puedes irte —dijo el rey—

"Puoi andare," disse il re

Y el sombrerero abandonó apresuradamente el patio

e il cappellaio uscì in fretta dal tribunale

—¡Llama al próximo testigo! —dijo el rey—

"Chiamate il prossimo testimone!" disse il re

El siguiente testigo fue el cocinero de la duquesa

Il testimone successivo fu il cuoco della duchessa

Llevaba la caja de pimienta en la mano

Portava in mano la scatola del pepe

Y la gente que estaba cerca de la puerta empezó a estornudar de repente

E le persone vicino alla porta cominciarono a starnutire tutte d'un tratto

—Da tu testimonio —dijo el rey—

"Fornisci la tua testimonianza", disse il re

-No daré ninguna prueba -dijo el cocinero-

«Non darò alcuna testimonianza», disse il cuoco

El rey miró ansiosamente al conejo blanco

Il re guardò ansiosamente il coniglio bianco

Y el conejo blanco habló en voz baja

e il coniglio bianco parlò con voce calma

"Su Majestad debe interrogar a este testigo"

"Vostra Maestà deve controinterrogare questo testimone"

"Bueno, si debo, debo", dijo el rey

"Beh, se devo, devo," disse il re

"¿De qué están hechas las tartas?"

"Di cosa sono fatte le crostate?"

—Las tartas están hechas de pimienta, en su mayoría —dijo el cocinero—

«Le crostate sono fatte di pepe, per lo più», disse il cuoco

Durante algunos minutos, toda la corte estuvo en confusión

Per alcuni minuti l'intera corte fu in confusione

Con el tiempo, todos se calmaron de nuevo

Alla fine si sistemarono di nuovo

Pero para entonces el cocinero había desaparecido

ma ormai il cuoco era scomparso

"¡No importa!", dijo el rey

«Non importa!» disse il re

"Llamar al estrado al próximo testigo"
"Chiamate al banco il prossimo testimone"
Alicia observó al conejo blanco mientras él repasaba a tientas la lista
Alice guardò il coniglio bianco mentre armeggiava con la lista
Puedes imaginar su sorpresa por lo que escuchó a continuación
Potete immaginare la sua sorpresa per quello che sentì dopo
con su vocecita estridente, llamó el nombre de «¡Alicia!»
con la sua vocina stridula, chiamò il nome "Alice!"

La evidencia de Alicia
La testimonianza di Alice

-¡Aquí! -exclamó Alicia-

"Ecco!" gridò Alice

Se levantó de un salto a toda prisa

Balzò in piedi in gran fretta

Y volcó el estrado del jurado

e rovesciò il palco della giuria

y derribó a todos los miembros del jurado

e fece cadere tutti i giurati

y cayeron sobre las cabezas de la muchedumbre de abajo

e caddero sulle teste della folla sottostante

Alicia estaba muy consternada

Alice era molto sgomenta

"¡Oh, le ruego que me perdone!", exclamó

«Oh, vi chiedo scusa!» esclamò

—El juicio no puede continuar —dijo el rey—

"Il processo non può procedere," disse il re

"Los miembros del jurado deben volver a ocupar su lugar"

"I giurati devono tornare al loro posto"

Repitió la orden con gran énfasis

Ripeté l'ordine con grande enfasi

y miró a Alicia con severidad

e guardò Alice con severità

—¿Qué sabe usted de estos acontecimientos? —preguntó el rey a Alicia

"Che cosa sai di questi avvenimenti?" chiese il re ad Alice

—No sé nada sobre el tema —dijo Alicia—

«Non so nulla su questo argomento», disse Alice

Entonces el rey leyó de su libro

Il re poi lesse dal suo libro

"Regla cuarenta y dos"

"Regola quarantadue"

"Todas las personas que tengan más de una milla de altura deben abandonar el tribunal"

"Tutte le persone che superano il miglio di altezza devono lasciare il tribunale"

—No mido ni una milla de altura —dijo Alicia—
«Non sono alta un miglio», disse Alice
—Casi dos millas de altura —dijo la Reina—
«Quasi due miglia di altezza», disse la Regina

—Bueno, me niego a ir —dijo Alicia—
«Ebbene, mi rifiuto di andare», disse Alice
El rey palideció
Il re impallidì
Y cerró apresuradamente su cuaderno de notas
e chiuse in fretta il taccuino
"Consideren su veredicto", le dijo al jurado
"Considerate il vostro verdetto", ha detto alla giuria
Habló en voz baja y temblorosa
Parlava con voce bassa e tremante
Entonces habló el conejo blanco
Poi parlò il Bianconiglio
"Todavía hay más pruebas por venir"
"Ci sono ancora altre prove in arrivo"
Y se levantó de un salto a toda prisa

e balzò in piedi in gran fretta
"Este papel acaba de ser recogido"
"Questo documento è stato appena ritirato"
"Parece ser una carta escrita por el prisionero"
"Sembra una lettera scritta dal prigioniero"
Desdobló el papel mientras hablaba
Aprì il foglio mentre parlava
"Al fin y al cabo, no es una carta"
"Non è una lettera, dopotutto"
"Lo que era era un conjunto de versos"
"Quello che era era un insieme di versi"
—Por favor, majestad —dijo el bribón—
"Vi prego, vostra maestà," disse il furfante
"Yo no escribí esos versos"
"Non ho scritto io quei versi"
"y no pueden probar que yo escribí nada"
"e non possono provare che ho scritto qualcosa"
"No hay ningún nombre firmado al final"
"Non c'è nessun nome firmato alla fine"
El rey le habló a la sota
Il re parlò al furfante
"Debes haber tenido la intención de causar algún daño"
"Devi aver avuto l'intenzione di causare qualche guaio"
**"De lo contrario, habrías firmado con tu nombre como un
hombre honrado"**
"altrimenti avresti firmato il tuo nome come un uomo onesto"
Hubo un aplauso general
Ci fu un generale battito di mani
Y el rey se volvió hacia el conejo blanco
E il re si rivolse al coniglio bianco
—Lee los versos —ordenó—
"Leggete i versetti", ordinò
Hubo un silencio sepulcral en la corte
C'era un silenzio di tomba in tribunale
Y el conejo blanço leyó los versos
e il coniglio bianco lesse i versi
Me dijeron que habías estado con ella

Mi hanno detto che eri stato da lei
Y me mencionaron a él
E gli hanno parlato di me
Ella me dio un buen carácter
Mi ha dato un buon carattere
Pero ella dijo que yo no sabía nadar
Ma lei ha detto che non sapevo nuotare
Les mandó decir que yo no había ido
Mandò loro a dire che non ero andato
Sabemos que es verdad
Sappiamo che è vero
Si ella insistiera en el asunto, ¿qué sería de ti?
Se dovesse insistere sulla questione, che ne sarebbe di te?
Yo le di uno, ellos le dieron dos
Io gliene ho dato uno, loro gliene hanno dati due
Nos diste tres o más
Ce ne hai dati tre o più
Todos volvieron de él a ti
Tutti sono tornati da lui a te
aunque antes eran míos
anche se prima erano miei
Si yo o ella tuviéramos la oportunidad de serlo
Se io o lei dovessimo avere la possibilità di essere
Si yo o ella estuviéramos involucrados en este asunto
Se io o lei fossimo coinvolti in questa faccenda
Él confía en ti para liberarlos
Egli confida in te per liberarli
Exactamente como estábamos
Esattamente come eravamo
Mi idea era que tú habías sido
La mia idea era che tu fossi stato
Antes de que ella tuviera este ataque
Prima che avesse questo attacco
Un obstáculo que se interpuso entre
Un ostacolo che si è frapposto
A Él, y a nosotros mismos, y a
Lui, e noi stessi, e

No le dejes saber que a ella le gustaban más
Non fargli sapere che le piacevano di più
Porque esto debe ser para siempre un secreto, guardado de todos los demás
Perché questo deve essere per sempre un segreto, tenuto nascosto a tutti gli altri
Este secreto debe seguir siendo un secreto entre tú y yo
Questo segreto deve rimanere un segreto tra te e me
El rey quedó muy impresionado
Il re fu molto impressionato
"Esa es la prueba más importante que hemos escuchado hasta ahora"
"Questa è la prova più importante che abbiamo mai sentito"
—No creo que esos versos tengan un átomo de significado — objetó Alicia—
«Non credo che quei versi abbiano un atomo di significato», obiettò Alice
el rey tenía su propia opinión al respecto
il Re aveva la sua opinione sulla questione
"Si no hay significado en esas palabras, eso salva un mundo de problemas"
"Se non c'è alcun significato in queste parole, questo si salva un mondo di guai"
"Entonces no necesitamos tratar de encontrar el significado"
"Allora non c'è bisogno di cercare di trovare il significato"
"Que el jurado considere su veredicto"
"Che la giuria consideri il suo verdetto"
-¡No, no! -dijo la reina-
"No, no!" disse la regina
"Primero la sentencia y después el veredicto"
"Prima la sentenza, poi il verdetto"
-¡Tonterías y tonterías! -exclamó Alicia en voz alta-
«Roba e sciocchezze!» disse Alice ad alta voce
"¡Qué tontería es sentenciar al acusado primero!"
"Com'è sciocco condannare per primo l'imputato!"

—¡Cállate la lengua! —dijo la reina, poniéndose morada—

"Taci!" disse la regina, diventando viola

-¡No me callaré! -exclamó Alicia-

«Non terrò a freno la lingua!» disse Alice

—gritó la Reina a voz en cuello—

La regina gridò a squarciagola

"¡Córtale la cabeza!"

"Tagliatele la testa!"

Nadie hizo un movimiento

Nessuno ha fatto un movimento

-¿A quién le importa lo que digas? -dijo Alicia-

«Chi se ne frega di quello che dici?» disse Alice

Para entonces ya había crecido hasta alcanzar su tamaño completo

A questo punto era cresciuta fino a raggiungere la sua piena dimensione

"¡No eres más que un mazo de cartas!"

"Non sei altro che un mazzo di carte!"

Al oír esto, todas las cartas se alzaron en el aire

A questo punto, tutte le carte si alzarono in aria
Y todas las cartas cayeron volando sobre ella
e tutte le carte le caddero addosso
Ella dio un pequeño grito
Lei lanciò un piccolo urlo
Estaba medio asustada, pero también enojada
Era mezza spaventata, ma anche arrabbiata
Y trató de quitarse las cartas de encima
E ha cercato di combattere le carte da sola
Y entonces se encontró tendida en el banco de hierba
e poi si ritrovò sdraiata sulla riva d'erba
Su cabeza estaba en el regazo de su hermana
La sua testa era in grembo a sua sorella
Algunas hojas muertas habían caído en su cara
Alcune foglie morte erano cadute sul suo viso
Y su hermana estaba cepillando suavemente las hojas
e sua sorella stava delicatamente spazzolando via le foglie
-¡Despierta, querida Alicia! -dijo su hermana-
«Svegliati, Alice, cara!» disse la sorella
—¡Qué sueño tan largo has tenido!
"Che lungo sonno hai avuto!"
-¡Oh, he tenido un sueño tan curioso! -exclamó Alicia-
"Oh, ho fatto un sogno così curioso!" disse Alice
Y le contó a su hermana todo lo que podía recordar
E raccontò a sua sorella tutto quello che riusciva a ricordare
todas las extrañas aventuras sobre las que acabas de leer
tutte le strane avventure di cui hai appena letto
Alicia se levantó y salió corriendo
Alice si alzò e corse via
Y pensó, mientras corría, en su sueño
e pensava, mentre correva, al suo sogno
—¡Qué sueño tan maravilloso había sido!
"Che sogno meraviglioso è stato!"